美女と呼ばないで

林 真理子

美女と呼ばないで

目次

真実の愛を求めて

もう一度ひと花

ダイエット成功のサイン

美女と呼ばないで

イラスト・著者

真実の愛を求めて

禁断のバックステージ

バーゲンでまた洋服をいっぱい買ってしまった。それから靴もどっちゃり。

ちょっとこのところの、私のお金の遣い方ときたらタガがはずれてる。

「ハヤシさん、このカードの請求書、すごいですよ。どうするんですか」

と、秘書のハタケヤマに冷たく言われる始末。

これには理由がある。家を建ててから十年め、外壁工事をはじめとするメンテナンスをすることになった。その金額を見て、ヒェーッと叫んだ。いくら足場を組むといってもものすごい金額だ。しかしうちの外壁は塗り直さなくてはならない。そんなわけで、私は泣く泣く定期預金を解約した。病気かナンかのために、毎月コツコツ積み立てていったお金である。それを取り崩したら、あとはもうどうでもよくなってしまったのである。

この際だから、定期の残ったお金で、欲しいブランドのものをいろいろ買っちゃった。

だけど、どうしてこんなにキマらないワケ？　鏡を見ながらそう思う。ジャケットとスカートの色、かたちはもちろん、丈の微妙なところだってちゃんと気を遣ってるワ。

アクセだってこの頃、うんと買ってんだから。夏らしいターコイズのネックレスに、プラチナのリング。そうそう、今年（二〇一〇年）のお誕生日にもらったコットンパールも使わなくっちゃ。このパールは五連でものすごく豪華なのであるが、すべてコットンで出来ている。色・艶ともパールと同じなのに、綿で出来てるからその軽いことといったらない。

大きく胸の開いたインナーと組み合わせ、紺の麻ジャケット、そして白のレーススカート。それなのに、どうしてこうキマらないワケ？

私は気づいた。いや、最初から気づいていたのであるが、顔が大きいのでものすごくバランスが悪いのだ。おまけに私は、フラットシューズが大好きときている。

あのね、フラットシューズでさまになるのは、よほど小顔の人だ。モデルさんは脚が長いので、八分丈パンツにフラットシューズでもカッコいい。が、同じような組み合わせを私がすると、どうもカジュアル、という感じよりも、おばさん臭が強くなる。

「顔の大きい人は、やっぱりヒールをはかなきゃいけないワ」

と心に決めた。

この頃、ヒールもみんなナマ脚ですよね。今まで私は、ナチュラルストッキングははかないまでも、ネットのストッキングをはいていたのであるが、今年からナマ脚にした。冷房が効いたところは、さすがに寒いけど頑張ります。

私が見てる限り、まわりのいい女は、百パーセント、ナマ脚にヒールである。たとえば昨日、落語を聞きにある劇場に行ったら、ナオミ・カワシマにばったり。もちろんナマ脚に、きゃしゃなヒールサンダル。それどころか、ワンショルダーの肌がまぶしい。そう、ナマ肩だったのだ。

その色っぽいことといったらない。いろいろお話ししてたら、私の友だちが発見した。

「あ、ナオミさん、お腹が透けてる！」

そう、着ているワンピース、わき腹がシースルーになってるじゃないの。

セクシーな美人にしか着こなせないワンピだ。ナマ腹！

私はこれを着こなしたいなんて、だいそれたことを考えてはいませんが、洋服をもっとカッコよく着たい。

「ハヤシさん、それならば姿勢が悪いんじゃないですか」

そうアドバイスしてくれたのは、加圧トレーニングの、パーソナルトレーナーである。私は根を詰めて机に向かう職業のため、やや猫背になる。

「ハヤシさん、胸を張って歩いてみましょう」

やってみました。

「違うの、ハヤシさんは肩を上げて胸を張るでしょ。肩をすとんと下げて胸を張ってください」

これがやってみると、なかなかむずかしいんだな。

「ハヤシさん、背中に溝をつくるのをイメージして」

というわけで、トレーニングの後半はしばらくウォーキングとなった。モデルとなった女性がまずするレッスンですね。

「この歩き方にすれば、バストアップにもなるし、お尻もきゅっと上がりますよ」

ということで、私は最近歩くたびに、

「背中に溝、背中に溝」

とつぶやいているのである。もちろん靴は出来る限りヒールにしている。しかしヒールのサンダルというのは、私のような幅広の足のものにとって、かなりつらいものですね。脱ぐとベルトがしっかり甲にくい込んだ跡も見られる。小指や親指のつけねにもマメが出来ている。かわいそうな私の足。

しかしそれでも、女はヒールサンダルをはかなきゃ。いい女への一歩である。

といっても、外出中の私は途中でつらくなり、ついタクシーに乗ってしまう。そしてさっそく脱いで素足になるのだ。

「あー、ラクチン」

とオヤジくさくつぶやくが、誰が見てるワケじゃなし。ヒールをはいてると、いたるところが楽屋裏になっていく。

当世〝お直し〟事情

久しぶりにモデルのお仕事があった。

着物を着て五カットも写真を撮るのである。スッピン、洗いたての髪でそのままタクシーに乗る。これでサングラスをしたら、もろモデルの出勤よねッ!?

ついこのあいだのこと、お店を出たらちょうど、「支払い」中のタクシーが目の前に。しばらく待っていたら、中から出てきたのは女優さんだ。以前一度だけ会ったことがあるので、

「お久しぶり」

「ご無沙汰してます」

と軽く会話をかわしてタクシーに乗り込んだ。運転手さんが興味シンシンで私に話しかけてくる。

「今の人、女優さんだよね」

「そうですよ」

「やっぱり！　キレイな人だと思ったんだッ」

しばらくしてからまた質問。

「お客さん、知り合いなの？　親しそうに挨拶してたけど……」

私はめんどうくさいのでこう答えた。

「あ、同業者なんで」

家に帰るまで、気まずい沈黙が続いた。

ま、話は元に戻るが、モデルの私がホテルのスイートルームに入ると、編集者や着付けの人、ヘアメイクさんがスタンバイしていた。私はバスローブを着て、鏡の前に座る。運んでもらってきた立ち鏡だ。窓際に置かれている。

いやあー、久しぶりに昼日中、スッピンの自分を見ましたね。うちの洗面所は小さな窓しかないので、いつもあかりをつけて自分を見る。するとライティング効果により、シワとかたるみとかがあまり見えない。

だがこれだけ陽の光の下でちゃんと見ると、法令線もくっきりあるではないか。人から若いと言われ、自分でもそう思ってた。ちゃんと造顔マッサージをやっているから、

「ハヤシさんって、法令線がないわね」

なんて言われていい気になってた。それなのに、ちゃんとあるじゃん、法令線。私はちゃんと法令を守っているのに、法令線がこんなに出てるなんて、悲しい……。

私はひとさし指で、目をぐーっとつり上げた。

「何、やってるんですか」

とヘアメイクさんが尋ねる。

「リフティングすると、こんな風になるかなあと思って」

やっぱりぐーんと若くなる。やっちゃおうかな、リフティング。この頃は技術が進んで、よーく見てもわからないって言ってたもんな。

その時、私はふと蓮舫さんを思い出した。

今度の選挙、彼女の人気はホントにすごかった。いつも白いスーツかジャケットをぴしっと着て、まさに「男前」という感じである。

デビューの頃は、正直言って「生意気なタレント」というイメージが強かったけれ

ど、今では「強くて頭のいい女性」の代表のようになっている。女はやはり出てきた時、「生意気」と言われるぐらいのパワーがなきゃ。

私は彼女の、くしゃくしゃとした笑顔が好き。笑うと目のまわりや口のまわりに、幾重もシワが出来る。痩せていて皮膚が薄いのでシワが出来やすいんだろう。だけどとてもいい感じのシワだ。たぶん〝お直し〟していないんだと思う。

誰とはいいませんが、女性のタレント候補の中に、ぱっちりお直ししてる人がいた。手術か注射で顔をひっぱり上げているらしく、笑顔がとても不自然だ。彼女がデビューした時、

「顔の直し方と、年のごまかし方がハンパじゃない」

とギョーカイの人が教えてくれたのを憶えている。ま、そのあとに年齢の方はカミングアウトして訂正したけれども、お顔の方はますます〝お直し〟したようだ。テレビで見るたびに痛々しい感じであった。そー、あんなのもイヤだしなァ。

そして撮影が始まる。この頃、写したものはすぐパソコンで見せてくれる。いくらライティングしてくれても、やっぱり法令線が見える……。

「大丈夫、大丈夫」

と編集者。

「これ、みんなパソコンで消しときますから」

そう、私がこの頃急にフケたように感じるのはこのパソコンのせいだ。シワもタルミもこっちが要求しないのにかなり消してくれる。そう、写真でやたら〝お直し〟してくれるので、本人はそのギャップに悩むわけである。

写真ではそれなりに若くてキレイなのに、実物は……ということで鏡の前で悩む私。私はよく電車に乗っているが、気づかれたり、話しかけられたりすることはほとんどない。いかに写真と違っているか、ということなんだろうか。少し淋しい……。

ところで、女友だちから興奮して電話があった。エステも兼ねた美容整形に行ったら、最新の技術を見せてくれたそうだ。四百五十万で、一生の顔を保証してくれるんだと。が、そんな大金はない。当分は写真の〝お直し〟だけで我慢する私である。

怪物退治、失敗！

洋服を買っても、買っても、着るものがない。

いつも同じもんばっかり着ている。もしくはコーディネイトしようとしても、めあてのものが見つからない。

その理由はわかっている。そう、すべてチョロランマに吸い込まれているからだ。

私のクローゼット、チョロランマのことについてはもう何度もお話ししていると思う。そう、足を一歩も踏み入れることが出来ない、二畳ほどの〝ウォークインクローゼット〟だ。おかげで洋服ははみ出し、寝室のラックから、いまはついに階段の踊り場にまで進出しているのである。


これがチョロランマにひそんでいた怪物だ！

どうして私の〝ウォークインクローゼット〟は、歩くことが出来ないのか。理由はわかっている。それは中にネジで固定されている、巨大な回転ラックのせいだ。うちの秘書ハタケヤマは、

「ハヤシさんってヘン。いつもあの十ン年前のことを怒り出す。それも服を取り出すたんびに」

と私のことを非難する。

しかし、私は言いたい。なぜ私のチョロランマに、このような巨大ラックが置かれたか。

十二年前のこと、家の設計を九州の建築家の方にお願いした。どうしてこの方に依頼したかというと、彼が内装を担当したホテルがものすごく気に入ったからだ。偶然にも私の友人が、この建築家を知っていて、後はトントン拍子で決まった。当時私のまわりには、若手有名建築家が何人もいたけれど、お願いするつもりはなかった。

なぜかというと、ああいう建築家というのは、住むのに困難な家をつくることが多い。私の友人が、仲よしの超有名建築家に頼んだところ、デザインはいいのだが、ランニングコストがものすごくかかる家になったのを、目のあたりにしていたことも大きい。

「とにかくシンプルで、ふつうの品のいい家」

というのが私のコンセプトだったので、気鋭の建築家じゃなくてもよかったワケ。そしてこれは成功したといってもいい。九州の建築家だから、しっくいの職人さんも連れてきてくれて、うちは壁が美しくて快適だ。

しかし問題がひとつ。地方の人なので、人づき合いが素朴といおうか、配慮が足りないのである。

ある時、打ち合わせに突然見知らぬ若い女性を連れてきた。

「ハヤシさんのファンっていうんですよッ」

建築家は興奮している。まるで私のファンが世界に五人いて、そのひとりを見つけ出してきてやったといわんばかり。

その女性はとても感じよく、サインしてくれと私の本を持ってきてくれた。しかしわざわざ九州から来たというので、うちに招き入れた。その時、うちのマンションは引越し前で悲惨な状況。夫とネコ二匹、荷物に囲まれて暮らしていた。あの頃はインタビューも外でしてもらっていたぐらいだ。彼女は収納機器メーカーの社員で、ごく自然に打ち合わせに加わってきた。セールスに来たわけじゃなかったと思うが、この汚ない部屋を見られた恥ずかしさに、ろくに考えることもなく、そのラックを注文した私。

それが私のチョロランマを形成したといってもいい。三百枚だかかけられるということだったが、いつも途中でひっかかる。ひっかかったまま動かない。そしてハンガーがタコ足状態で増えていき、いつしか全く回転しない布の大きなカタマリと化していったのである。

今、家の十年めメンテナンスが行われている。外壁工事やいろんな作業で、職人さんが出入りしているので、私はこの巨大ラックを撤去してほしいとお願いした。

そのため、中に踏み込み洋服をラックからはずしにかかった。

出てくる、なんてもんじゃない！　白い夏のスカートだけで七枚あった。ジャケットは数え切れないぐらい。

「なんなの、これ？　こんなのあったなんて信じられない」

おととしプラダで買った、小さな貝がらがいっぱいついてるスカート、ピンクや黒のオーガンジーのブラウス。今の季節にぴったりじゃないの。形だって流行遅れじゃない。

私にお金が残らない理由がやっとわかった。洋服が整理出来ていないうえに、買ってすぐに忘れるというかなりの健忘症。そういうのが積み重なっていたのである。

が、うちのお手伝いさんが言った。

「このラック、きっと高かったと思うよ。ほら、この下のネクタイやズボンかけが邪魔でひっかかってるんだよ。これを取ってもらったらどう。このラックを捨てるなんて大変だしもったいないよ」

ということで、大工さんに下のいらないものをはずしてもらい、また洋服をかけ直した。そして回転させる……。やっぱりひっかかる。服の数が多過ぎるので、途中で何枚か床に落ちてしまうのだ。

「もー、やっぱりこのラックのせいじゃん！」

捨てるチャンスを逃した自分が口惜しい。猛暑の中、また怒りがわきにわく私である。

香港赤裸々ツアー

　こんな世の中になり、本が急に売れなくなった。それなのにまた香港買物ツアーに出かける私。いつもの中井美穂さん、元アンアン編集長ホリキさんの三人である。

「私、今、お金がないから、もう何にも買わないし、買えないわ」

ということで、昨年の大きなスーツケースはやめ、いちばん小さい二泊用のにする。

そうしたら夫が、

「絶対に入らなくなるから、これを持っていきなさい」

と、自分の中くらいのスーツケースを貸してくれた。

が、これが大正解。香港はファイナルバーゲンをやっていて、売れ残っているもの

が安い、安い。特に私のサイズの靴は大量に売れ残っていて、半額でブランド靴大放出。なんと、八足も買ってしまった。しかし秋冬ものの大物は無理だ。だってお金がないんだもん。私は十年前のパリ旅行を思い出す。

あの頃は必ずバーキンなんかをすぐゲットしたから、遣ったお金もハンパじゃなかった。スーツやワンピもいっぱい。

ハタケヤマが後でカードの請求を見ながら言ったものだ。

「ハヤシさん、三日間でこんなにお金が遣えるものでしょうか」

それも遠い日のこと、もう好きなものを買うなんて私の中で思い出になりつつある。

思い出といえば、私たちはペニンシュラホテルのアーケードの中にある、ラ・ペルラのショップへ行った。ここで四十パーセントオフをしていたからである。

ラ・ペルラといえば、イタリアの超高級下着。アメリカのブラが、でっかくてバストを持ち上げるのに比べ、ここのはやわらかくバストをつつむ。垂れてたって、それも風情とするヨーロッパの美学である。どれも工芸品のように手がこんでるブラやショーツを触りながら、私は思い出にふける。

「独身の頃、ヨーロッパに行くたびに、必ずこのラ・ペルラを買ったもんだわー。〝非常時用〟ってことで」

「いい下着っていうのは、自分へのご褒美よね。私もいつもブラは、いいものをつけてるわ」

とホリキさん。この人は結婚が早かったので、あんまりそっちの方には考えがいかないみたい。

「私、この頃、ちょっと反省してるの。ブラは高いものをつけても、ショーツは通販のベージュなのよ。おなかをすっぽりつつんでくれてすごくいいんだけど、あれはねぇ、あまりにも色気がないものね」

一人いる店員さんが日本語わからないのをいいことに、私はぺちゃくちゃ喋り出す。

「洗たくして、ベージュの下着が何枚も干してあるの見ると、いくらうちの夫でも興ざめだと思うワ」

「女優さんで、いつ何があっても困らないように、すごくいいパンツをはいてるんだって言ってた人がいましたよね」

とミホちゃん。

「そう、そう。ヘンなもの着てたばっかりに、パスしたり、失敗したことってあるわよねー」

遠い日を思いうかべる私。

「あのさ、私ってさ、若い頃ムダ毛の処理ちゃんとしてなくってさ、脚なんかゴワゴワしてたワケ」

なんか喋り出したら止まらない。

「ある日、海に行くんでワックスを脚に塗ってから説明書読んだら、チューインガムのやわらかさになったら、いっ気にはがせって書いてあるの。それなのにもう石膏みたいにガチンガチン。無理にはがして血だらけになって泣いたよ……」

私の話に笑う二人。今はレーザー脱毛の時代で、いとも簡単に出来るはずだもんね。

「そしてね、急に男の人とそういうことになった時、バスルームで大急ぎでカミソリで剃ったりしたわ。こん時も血だらけになったワ。それなのにチクチクしてるとか言われてさ」

でもマァと、私はレースいっぱいのスリップを力なくぽとっと置いた。

「今はさ、私の脚、すべすべ、つるつる。エステにも行ってるから、そりゃあ綺麗よ。毛なんか一本もないわよ。ラ・ペルラのパンツだって、はけって言われれば毎日はけるぐらいのお金ある。だけどさ、私の人生から、もうそんなことは遠ざかってしまったのよね……」

そお、必死でホテルのバスルームで、脚に石けんつけてる自分が懐かしい。

「だけどさ、ハヤシさん。もうそういうことがなくても、いい下着は自分のために着ましょう」

とホリキさんの声に励まされ、ブラを四枚とシルクのスリップを買った。しかしラ・ペルラのショーツは、浅いTバックばかりで、私にはとても使用不可能。そんなわけで、昨日日本のデパートのバーゲンで、ショーツとガードルを買った。しかし何を血迷ったか、Mサイズのガードルを買ったので、そのきついことといったらない。外出先のトイレで脱いだ。もー、カラダ本体から、色気がなくなっているんだワ。

香港美食日記

今回の香港旅行も、〝ファッション仕掛け人〟ホリキさんと一緒であった。

ずーっと長いことアンアンの編集長をつとめ、今はフリーとして大活躍だ。古巣のアンアンでスーパーバイザーもしている。

この人のおしゃれには定評がある。ブランド品にストリートものを加え、ちょっぴりのロックテイスト、なんて私と同世代で出来ることじゃない。

他のファッション誌の人たちも、

「ホリキさんのような、クルージングは絶対に真似出来ませんよね」

と絶賛している。

そのホリキさんと一緒だから買物は心強い。

「これは買い！ 秋に流行るはず」

「これはもういらない。今シーズンで終わってるから」

と即座に仕分けしてくれるのだ。

昨年（二〇〇九年）の暮れ、バレンシアガの店に入った時、ホリキさんはカゴを買うように強く勧めた。

「来年の夏にカゴは必需品よ。バレンシアガのカゴは日本じゃ手に入らないかもしれないから、絶対に買わなきゃ」

ということであったが、私はバレンシアガの革のバッグの方を選んでしまった。ホリキさんと中井美穂ちゃんは、お揃いでカゴを買い、今年の夏は大活躍だったそうだ。口惜しい……。

そんなわけで、今回はホリキさんのアドバイスをしっかり受けとめようと決めていた私。

「ハヤシさん、もう夏のバーゲン品はやめて、秋冬のしっかりしたものをゲットしようね」

と言われていたのであるが、香港ものすごい暑さのうえ、バーゲンはファイナルに入り、安い、なんてもんじゃない。ということで靴を八足も買ってしまったことは既にお話ししたと思う。そのうち三足はロジェ・ヴィヴィエのプロパー。注目のブランドだ。

「でもね、今年くる、って言われてるマントかポンチョ、欲しいなぁ……」

「あれはね、やめた方がいい。着こなしがむずかしいから」

まぁ私のような体型には無理ということを遠まわしに言ってくれてるわけね。

「じゃ、ポップなニットを買っていこう」

ということでセリーヌへ。ここでものすごく可愛いニットを発見。おもちゃっぽい色と柄。だけど着こなす自信はまるでない。この頃、日いち日と顔がジミになってるんだもの。

しかし、ホリキさんが試着するとものすごく似合う。たまたま着てるミニとレギンスともどんぴしゃり。さっそくお買上げ。

こういう風に一緒にお買物すると、おしゃれのセンスって天性のものだとつくづく思う。一種の才能で、備わっている人は生まれつき備わってるのね……。

というわけで、昨年の買物ツアーに比べ、ぐっとビンボーに、ぐっとデブになっている私は、買物はぐっと抑え、そうなるといくところは食欲へ。

夜は、日本でも有名な聘珍樓の香港店へ向かう。ここのマダムとはお友だちで、

「香港へ行ったら、長男がご案内しますから」

と言われていたのだ。

香港の聘珍樓はものすごくスタイリッシュなお店で、シャンパンやワインが似合うチャイニーズだ。一皿一皿フレンチのように出てきて、洗練されたおいしさだ。

途中から責任者のビリーさん（香港人）がやってきて、

「明日の福臨門のメニューはどうしようか」

と聞いてくる。コネ社会の香港なので、仲間のあちらのシェフにその場で電話をしてくれたのだ。

おかげで次の日は、名物のとてもおいしいものを食べることが出来た。

次の日は、長男のマモルさんとビリーさんと一緒に、名都酒樓という有名飲茶店へ。ワゴンでお料理を持ってきてくれるのだが、このスタイルは、香港でもだんだん少なくなってきているとのこと。ワゴンのガスの使用の制限が厳しいそうだ。

このお店、広い、なんてもんじゃない。いっぺんに千五百人食事が出来るという。お昼に近くなると、その席が埋まってくるからすごい。

ワゴンで運んでくるものの他に、おかゆとかカキのお好み焼き、デザートは自分で

つくりたてをとりに行くスタイル。つい食べ過ぎてしまう。

驚いたことに、この名都酒樓も聘珍樓の経営なんだそうだ。世界に羽ばたく聘珍樓、すごい。そこの御曹司のマモルさんは、日本のインターナショナル、NYの大学を出たトライリンガル。日、英、北京語を喋る。イケメンで感じがよくて大金持ちで独身。

「マガジンハウスの若い編集者の中から、いいコを見つくろって嫁として送り込むワ」

とホリキさんは張り切っている。うーん、平成版香港マダムなんて素敵……。毎日香港でショッピング三昧だわと、私はうっとりと想像するのであった。

〃麻央力〃、おそるべし

話題の海老蔵さんの披露宴に行ってきた。いやあー、海老さまのカッコいいこと、麻央ちゃんの美しいことといったらなかった。

白むくの時、ちょっと濃い目のお化粧をしていたのであるが、赤い口紅とはっきりしたアイラインとで、「おお!」と叫びたいほど清純さと妖艶さが入り混じった美しさ。

海老さまもりりしく、男らしい。まずは日本一の美男美女カップルであろう。

これはテレビの中継番組となるので、あらかじめ作られたビデオが流れる。それは海老さまがはるか遠いベトナムの小さな村へいき、新婦のためにルビーを発掘するというやつだ。

結局石がもろいので指輪は出来なかったが、ペンダントにして新婦に捧げる。サプライズなので、新婦の大きな瞳は、涙がいっぱいだ。

「黙っててごめん。だけど君のことが本当に好きだから……」

なんて言っちゃって、千人の観客を前に、二人だけのラブモードに入っていったのである。

あんないい男に、あれだけ一途に愛されるって、どんな気分なんだろう。あんなモテる男の、最後の女になるって、さぞかし誇りでいっぱいだろう。

いいなあ、麻央ちゃん。でも彼女だから、海老さまでも夢中になるということであろう。

めったにこんな素敵な光景は見られるものではなく、おばさんも胸がいっぱいになってきたのである。

そう、遠い昔、夫も同じようなことを言ったような気がする。あんな風にキラキラした目で私を見つめてくれたこともあったワ……。だけどそれはもう過ぎた日のことね。

ついこの間のこと、夫には内緒だが、私は某男の人とデイトをした。その方は結婚前に私が憧れていた人である。

　私は当時友だちに言ったものだ。

「東大卒の超エリートで、すんごいハンサム。身長百八十三センチ。実家もお金持ちなんだけどエバってない。男らしくてやさしい人なの」

「すごいじゃん」

「だけど、ひとつだけイヤなとこがあるの」

「いいじゃん、ひとつぐらい」

「私に全然興味持ってないとこね」

　まあ、かなり自虐的なジョークであったのだ。

　それでも何度か二人きりで会ったワ。ご飯を食べたり、もうなくなった六本木のバーでお酒飲んだりした。

　今その方は政府関係のお仕事をしているので、時々ニュースに出たりする。「懐かしい」と思って見ていたら、ある飲み会で再会した。ケイタイ番号を交換し合い、四人で飲んだのが先々月のこと。

　そうしたら、また会おうね、ということになったのである。

「ハヤシさんは顔がさす人だから、個室を予約しといたよ」

本当は自分のこともあるんだろうけど、こういうの秘密っぽくていいわ。

「ここ、ハヤシさんと来るんで下見しといたんだ。何でもおいしいよ」

なんて料理を取り分けてくれて、本当に素敵。

「僕、考えてみたんだけど、今日は僕たち二十六年ぶりのデイトだよね」

ドキッ。これってドラマ「同窓会」のノリではないでしょうか。

二人でいろんな話をして、本当に楽しかった。それなのに彼は言うではないか。

「今度、うちのやつを誘ってもいいかな。女房も一度ハヤシさんと飲みたいらしいんだ」

はい、はい、わかりました。でも私は奥さん入りで飲むほどヒマじゃないもん。若い時なら、こういう時、

「奥さんには言わないで。会うの、これからも秘密にするって約束して」

ぐらいのことは言ったのであるが、もはやそんなトシでもそんなシチュエーションでもない。

本当に皆さん、命短し恋せよ乙女です。今度赤坂プリンスがなくなるが、あそこでどれほど多くの若者が恋をはぐくんできたことであろう。あそこで彼と〝お泊まり〟するのが、ちょっとしたステータスだったのはそんな昔じゃない。しかし、この変わ

りようときたらすごい。

私、この頃気になる言葉に「女子」というのがある。鉄道女子、女子飲み会、女子力。女子という言葉には、女だけで団結して楽しくやっていこうという気持ちが表れている。草食系という言葉が流布するのとほとんど比例して、この女子力という言葉が広まってきた。女だけで飲むのは楽しい。そして女に好かれる女になるというのは嬉しいことだ。いさぎよく、りりしく男前の女。

が、女子力、女子会と言っている間に、完璧に男の人は遠ざかっていく。今、女に必要なのは女子力ではなく、〝麻央力〟なのではないだろうか。女子力が強い人ほど麻央力を否定する傾向があるが、フンという前にあのエッセンスを少しでも取り入れることが必要であろう。男に心から愛され、いとおしんでもらう力。これは女ばっかでビール飲んでもつかないよ。

本当だから。

婚前オペラツアー

作曲家の三枝成彰（さえぐさしげあき）さんが団長となって、九日間のオペラツアーに出発した。だいたいが十二人ぐらいのメンバーだ。だいたい、というのは、途中参加したり、途中で帰ったりする人がいたからである。

昨年（二〇〇九年）のイタリアオペラツアーと同じく、弁護士のO氏も、二日遅れてやってきて、二日早く帰った。彼は大のオペラファンで、これから一人でバイロイト音楽祭へ行くんだと。

三十六歳、東大中退のイケメン弁護士で、タキシードがかなり似合う。独身でお嫁さんを探してると、昨年私のブログに書いたらえらい反響であった。

「あら、でも今年もやっぱり独りなんだね。昨年はつき合いかけてる人がいるって、言ってたのに」

と私が問うと、

「あれからすぐにダメになって」

と恥ずかし気。

「いったい彼女のどこがいけなかったワケ。確か一緒にパリに旅行してなかったっけ？」

三枝さんがずけずけと聞いた。

「やっぱり一緒に旅行すると、本人がよく見えるもんですよね。なんか向上心がないような気がして……」

たぶんＯ氏を射止めようと、うんとオペラ好きなふりをしていたのではないだろうか。それがパリに行ったらバレたのではないかと、私は彼女に同情した。

私たち一同は、今年はロンドンへ行き、それからブライトンという街に三泊した。そこの郊外の貴族の屋敷に、有名なオペラ劇場がある。その劇場は広い庭園が売物で、休憩時間にはピクニックが出来るのだ。

幕間に男性はタキシード、女性はイブニングで庭で食事をする。テーブルをセッティングしてもらい、バスケットに入った夕ご飯が届けられるのだ。イギリス人のことだから、こういう時もまるっきり手を抜かない。真白なテーブルクロスに、銀のナイフ、フォークできちんとセッティングして、シャンパンを飲む。そりゃー、優雅なものである。

一日め、私は、昔買ったシャネルのバレリーナスカート（ロング）に、ダナ・キャランの胸あきの大きい黒ブラウス、パールといういでたち。

二日めは、白いラメのニットに、十年前に買ったヴァレンティノのロングスカートを組み合わせた。これはピンクのツイードで、途中からものすごく繊細なレースになっているというもの。着る人が着ると、脚が透けてものすごくセクシーになるはず。

ところで一日遅れて、一組のカップルが合流した。バツイチのお医者さんと、某航空会社のCAという組み合わせ。なんでも婚前旅行なんだって。

CAさんの方は、三十五歳で〝勝負に出てる〟というのがありありと見てとれた。まあ、そこそこの美人である。私は早寝をしたので知らなかったが、彼らが着いた日の夜、皆で遅くまでお酒を飲んでいた時のこと。CAさんは、派遣なのか、不況ゆえなのかよくわからないが、月収は二十万円なんだそうだ。

「それで君は幾らなの」

と三枝さんがお医者に聞いたところ、

「僕は勤務医なんで、そんなに高くないです。年収は千八百万円です」

という答えがあったという。私はかなり結構な年収だと思うが、CAさんは、

「それじゃやっていけない」

と発言したと皆が驚いていた。

次の日、一行でオペラへ行ったら、彼女は素敵なイブニングドレス姿で、髪もアップに結い、かなりキマっている。月収二十万でどうしてこんなドレスが着られるのか不思議だけど。さりげなく誉めたら、

「同期の結婚式が続いた時があったんで、無理して買いました」

だと。が、次の日も違うイブニングであった。話は変わるが、バツイチのお医者さんは、私の例のヴァレンティノのロングスカートを見て、

「バブルの時代を思い出しますねぇ……」

だって。古くて悪かったね。でも二度ぐらいしか着ていないのでもったいない。

そして三日め、この夜も私は早寝をしてしまったのだが、やはり酒盛りの最中、お医者はCAさんに皆の前でプロポーズをしたそうだ。彼女はわっと泣いて「はい」とか言ったようで、感動的なシーンを見られず、本当に残念だった。

次の日、二人は幸せそうに東京へ帰っていった。先にいなくなった人を肴に、あれこれみんなでお酒を飲むのは楽しい。

「でもプロポーズしてくれてよかったよね。彼女、この旅行に人生賭けてたもんね」

「同期の手前、最低、医者はゲットしたかったんだよねー」

でもさー、と私は言った。

「彼女がんばったよね。たった三泊の旅にさ、ステキなドレスを持ってきて、毎日髪もファッションもキメてた。婚前旅行って大変だよね。イビキもかけないし、歯ぎしりもNGだしさ」

「婚前旅行でいちばん大切なのは」

と三枝さん。

「いつウンコをするかだな」

これには大笑い。だがいちばん切実な問題だ。私は便秘症なので四日ぐらい我慢するけど。

求ム！　真実の愛

ヨーロッパへオペラを観に行く旅に出たのは、既にお話ししたとおり。昼からシャンパンやビールを飲むのがふつうになった。

おかげで帰ってきてから、デブまっしぐら。冷房と水の飲み過ぎで、顔がむくんでいるのがわかる。

おまけに、通っていたデブ外来のクリニックにごたごたがあり、週刊誌沙汰にもなった。あまりにもたくさんの芸能人や有名人が行くので妬(ねた)まれたようである。

すっかり肉のついた下腹を見ながら、私は悲愴な思いにとらわれるのだ。

「やはりデブというのは、私の宿命かもしれない……」

こう行く手、行く手を遮られると、もうやる気をなくしてしまうではないか！

それにしても、この東京の暑さって異常じゃないの!? 私の家は坂の上にあるため、駅に行く時はいいのだが帰りはつらい。かなり急な坂を上がっていくのだ。あぁー、つらい、あぁ、死にそう、とあえいでいる時、友人からお誘いがあった。晩夏の軽井沢の別荘に来て、というのである。

持つべきものは、金持ちの友だちだ。しかも彼は〝超〟がつくぐらいお金持ちの上に、由緒正しいお坊ちゃま。だから別荘も由緒正しい。大きな洋館にプールとテニスコートがついている。

「わー、ドラマの〝華麗なる一族〟みたいじゃん」

と私は大はしゃぎ。

私の他に五人参加していたが、女三人は若くてきれいなコばっかり。みんな水着を持ってきたんだって。

「ハヤシさんは持ってこなかったの？」

持ってくるはずない。独身のオーナーは、美女と一緒にプールを楽しむつもりだろう。シャンパンなんかも飲んじゃうはず。そこへオバサン水着の私が現れて、すべて台なしにしちゃおうかなーと想像したら、なんかおかしくてくっくっと笑った。これって自虐ネタというやつであろう。

ところで一行の中に、私と仲のいいA氏がいた。この人もバツイチの独身で四十代。笑顔がかわいい大男で、私は大好きなのであるが、女性のことで苦労している。

どういう苦労かというと、あまりにもお金持ちなので、

「自分のことを本当に愛してくれてるのか、本当はお金めあてではないだろうか」

という猜疑心(さいぎしん)にとらわれるのである。

こういう純情さというのは、最近のIT長者にはあまり見られない。ああした人たちはもっと割り切って女の人たちとつき合ってるからだ。

それにA氏は、私が厳しく注意するのであるが、若いコが大好き。二十代のコじゃなくちゃダメで、

「三十代はカンベンして」

という男なのだ。いつも本物の愛を期待して若いコとつき合い、そして裏切られるというパターン。女の子もバカじゃないから、最初はおとなしくしているが、つき合いも長くなり、気がゆるんでくると、やっぱりおねだりするらしい。すると彼の熱はいっぺんに冷めるのだ。

「海外に連れてけ、とか、バーキン欲しい、とか言われると、頭にカーッて血が上る

よ」

ついに彼は真実の愛を求めて結婚相談所に行ったらしい。そこで年収のところに正直に「一億五千万円」と書いたという。私が知っている限り、これはかなり控えめな数字だ。しかし当然のことながら結婚相談所の人は怒った。

「冗談はやめてくださいよ！」

今度はケタを落として「三千万」にした。だけどやっぱり本気にしてもらえない。

「あなた、本気で結婚する気あるんですかッ」

まぁ、こんなことを言ってはナンであるが、彼の外見はごく庶民的。ブランド品も嫌いだし、髪も短くどちらかというとガテン系だ。それに彼のうちはもともと手堅い家業をしていたのであるが、お父さんの代で海外投資を始め、これが大当たりした。お兄さんがひき継いで社長をし、彼の肩書きは部長ぐらいかな。大金持ちの根拠は乏しいわけ。

とどめは相手の年齢であろう。四十代のバツイチのくせして、彼は図々しく、

「二十五歳までの女性を希望」

と書いたのである。

そうしたら判定は、

「あなたに該当する女性の数はゼロ」

ということで、

「やっぱり結婚出来ないのか」

と彼はがっくりと肩を落とす。

本当の年収やバックグラウンドをあきらかにすれば、女性は殺到するかもしれない。そうしてもいいけど、やはり本当の愛は得られないかもと、彼はジレンマのつらさを打ち明けるのだ。

このことをある友人に伝えたところ、彼女は、超高収入の人たちだけが入れるセレブ結婚相談所があるので、そこを紹介してもいいと言ってくれた。なんか面白そうだ。A氏に入会してもらい様子を聞こう。

ケイタイの悲劇

いつまで続くこの暑さであろうか。

ダイエットをしているつもりなのに、顔も脚もむくんできたのは、冷房と運動不足のせいだ。

いつもだったら電車を使っているのに、あまりにも暑いのでついタクシーを呼んでしまう。おかげでお金がかかるったらありゃしない。

秋冬ものも買いたいのであるが、全くそんな気にならないのである。表参道のショップのウインドウを眺めても、

「あ、そう」

といった感じ。

そんなとき、大事件が起こった。私のケイタイが突然フリーズしてしまったのである！　急いでドコモショップに持っていったのであるが、パソコンに移していない限り、記録は消えてしまうとのこと。

「そんな……あんまりだわ」

とうなだれる私に、

「古いケイタイを探してください。それに記録が残っているはずですから」

と店の人は言う。

が、だらしない私が、以前のケイタイを保管しているはずもない。

仕方なく私は新しい機種を買った。古い方は一応修理に出し、情報を吸い取る作業をしてくれるとのこと。

「だけど期待しない方がいいと思うよ。きっともうダメだと思うよ」

だからパソコンに記録しておけと言ったじゃないかと、夫は勝ち誇ったように言う。

が、ことの深刻さがわかったのは、新しいケイタイを手に入れた夜のこと。

「えー、あの人のも、この人のも消えちゃうワケ!?」

誰とはいいませんが、芸能人や有名人のが結構ある。みんな対談の時に交換し合ったもの。

「マリコさん、元気ですか。今度のコンサートもぜひ来てくださいね」

なんていうのも時々は入ってたんだから。私だって時候の挨拶とかで、時々はメールしていた。

「歌手の〇〇さんとメル友よ」

と皆に自慢していたのに、どうしよう。

私はその日、ブログでこう訴えた。

「このブログを見ている、友人、知人の皆さん、私にメールをしておくれ。その時にケイタイの番号も教えてね。それから意気消沈している私に励ましのお言葉を」

そうしたらぼちぼち集まってきたのであるが、中には自分の名前を書いてこない人がいる。あてずっぽうに登録したら、あとで困ったことになる。

私はこう考えることにした。

「これは神さまからの、友人を整理しろというご指示かもしれない。私は八方美人のところがあって、皆にいい顔をしたがる。よっておつき合いが忙し過ぎて、にっちもさっちもいかないことがある。よく帰りが遅いと夫にも怒られる。これはシンプルに生きろ、ということかもしれないわ……」

しかし消えてしまって、本当に惜しいものは有名人の番号ではない。そお、昔好きだった人の番号ですね。

長いつき合いの元カレとは、時々はメールしたりしていたのであるが、ある時からばっさり切られてしまった。

「ただいま、電話に出ることは出来ません」

というやつ。そう、これはたぶん着信拒否にされているのであろう。私ってそれほど嫌われることをしただろうかと、思い悩む材料になっていたのであるが、これを機に思い出も捨て去ることにしよう。

もう一人、昔好きだった人とは、ある時再会して番号とアドレスを交換し合った。私としては、そこからドラマが始まってもいいと期待していたのであるが、あちらの奥さんに見られてしまったらしい。メールがいきなりとだえてしまった。ま、こちらもこの際きっぱりと却下することにした。

こうなると、私の人生も淋しいものになるのであるが、心配はない。有力なのは二、三人、ちゃんとケイタイの番号を控えておいたのである。

そお、まだこの世に文字で書くアドレス帳がふつうだった頃、ケイタイの番号はちゃんと書いておいたのである。

「そういうわけで、メールをちょうだい。すぐにね」

と時機を見てケイタイに電話しよーっと。そお、これからはひとつひとつ石を積むようにして、知りたい人のアドレスとケイタイ番号を集めていくしかないであろう。

何年か前、私はストーカーになっていく女の子の小説を書いたことがある。わりとよく心理をつかんでいたと思うのは、私がかなりのストーカー体質だからである。男の人との別れにFO（フェイド・アウト）といった優雅なものは許さない。もう一回会ってくれさえすれば何とかなるという思い込みの激しさが、どれほどの恋を失わせてきたことであろうか。

ケイタイがない頃でよかった。二人音信不通にされちゃったが、本来ならこんなもんじゃすまなかったかも。などとケイタイフリーズとなって、もの思う暑い初秋の夜であった。

恋に落ちちゃいました！

この頃また宝塚を見るようになった。

仲よしでいつもツルんでいる中井美穂ちゃんは、自他共に認めるお芝居フリークであるが、特に宝塚には目がない。

「演じる人も見る人も女性、なんていう芝居形態は、おそらく世界で宝塚だけだと思います。独特の美しさを持ってるんです」

ひとつの公演に最低二度行くというからすごい。この八月の死ぬほど暑い最中、二人で博多に行った。博多座で星組「ロミオとジュリエット」の公演があったからだ。

「あのロミオとジュリエットは素晴らしいです。泣きます。絶対に見てくださいよ。

私もあれなら何度でも見たい」

ということで一緒に出かけることにしたのである。

が、博多は遠い。当然のことながらつい物見遊山の気分になってくる。

「ねぇ、帰りはどうするの」

「日帰りです。残念ながら」

「そうじゃなくて、終わってからの夕ごはん、どうするつもりなの、っていうことよ」

私はミホちゃんほどの熱狂的ヅカファンではないので、食い意地が先にくる。博多ならお鮨にしようか、水炊きにしようかと、考えるのは夕飯のことだ。

「やっぱりお鮨にしようか。ねぇ、どう思う」

悩む私に彼女は、

「私はお芝居を見に行く時は、そのことばかり考えるので他のことはあんまり考えません」

ときっぱり。

とはいうものの、博多の名店「やま中」で、二人とも早い時間から、ものすごい量のお鮨と酒の肴を食べ、ビールも焼酎もがんがん飲んだのである。

肝心のお芝居であるが、ロミオ役の柚希礼音さんが、清楚な感じでとてもよかった。九月の東京雪組公演は、水夏希さんの引退舞台だ。そして娘役トップ愛原実花さんの最後の舞台でもある。

よく知られていることであるが、この愛原さんは、つかこうへいさんのお嬢さんだ。作家としてもすごい方だったが、劇作家として日本の演劇史に残る人である。

つかさんと最後に電話でお話しした時、

「娘の舞台を今度見に行って」

とおっしゃったのが心に残っている。やっと舞台を見ることが出来たのに、それが引退記念なんて悲しい。初めて見る愛原さんは、とても可憐で美しい人であった。が、それと同時に私の目を奪ったのは、あの水夏希さんである、

「う、美しい……カ、カッコいい……」

口あんぐり。みんなが水夏希さんに騒いでいたわけがやっとわかった。久しぶりに本格的男役スターに出会ったという感じ。

顔が小さいなんてもんじゃない。完璧に九頭身だ。脚の長いことといったら。何度も目を凝らした。

何より目のしぐさ、手の動き、ふっとした笑い顔が、ぞくぞくするほど素敵なの！

私は宝塚の魅力というのは、男役の人たちがエンビ服で踊る時に尽きると思っている。生身の男よりもはるかに男らしく、りりしい男たちが群舞する時の美しさ。ダンディズム、そして中心に立って、ふっと微笑む夏希さま。あぁ、こんな素敵な男がこの世にいるだろうか。現実にはいないからこそ、これほど胸をこがす存在なのだ……。第二部が終わり、席を立って帰ろうとしたら、何人かの女の子がしくしくと客席で泣いているではないか。みんな感動が極まっているのである。

恋に恋する年頃。欧米だとすぐに彼が出来、生身の男を愛するようになる。しかし日本では、何パーセントかが宝塚のトリコになる。そしてしくしく泣きながら宝塚に酔う。こういう土壌だからこそ日本は独特の乙女文化が成長したに違いない。女の子同士で仲よくして、ちまちましたものやメールを交換し合う。生身の男とすったもんだするよりも、夢の国で理想の王子さまと会うことを夢みている。

そうしたものが、やがてKAWAII文化を創り出したのではないだろうか。かわいいこと、美しいこと至上主義者たちの成果である。

聞いたところによると、日本の女の子というのは他の国のコに比べて声のトーンが高いらしい。

「ヤダー」

「ウソー！」

という日本語も、女の子を子どもっぽく見せることに成功している。この国の女のほとんどは、年よりもずっと若く、かわいく見えることを望んでいるのだ。

それについて、ああだこうだと言う人もいるが、仕方ない。私たちは宝塚をこよなく愛する国の女だからである。

ところで最近デブに戻りつつある私に、不思議なことが起こった。自分で言うのもナンだが、急にモテ出したのである。

「今の方がずっといい」

と多くの男性が言う。

「痩せた女が好きな男なんていないのに、どうしてわからないのかなあ」

だと。だけど宝塚好きな、ぽちゃっとした女っていかにもモテそうですよね。イメージ的にだけど。

イケメンの鉄則

仕事でスイスのジュネーブへ行った。

スイスに行ったのはこれが初めてではないが、今回初めて気づいた。

スイスというのは、イケメンの産出国だったのである！

つい半月前、イギリスやドイツ、オーストリアを旅行してきたが、いい男なんかほとんどいなかった。昨年（二〇〇九年）行ったイタリアでもそう心惹（ひ）かれる男におめにかかれなかった。

しかし、スイスの中心都市であるこのジュネーブはすごい。ホテルのフロントマン、宝石店のガードマン、ウェイター、街をいく政府機関のエリート、みんな俳優にした

いぐらいのレベルである。

後日、日本に帰ってから興奮して友人にこの話をしたところ、

「そんなのあたり前じゃん」

と言われた。

「バチカン市国の衛兵は、世界中からよりすぐったイケメンが集まってるけど、全員がスイス人っていうことだよ」

これって本当かしらん。

ところでジュネーブは、観光の穴場かもしれない。街が小さく歩いてまわれるぐらいであるが、食べるものがとてもおいしいのである。ローザンヌの方まで足を延ばせば話題の三ツ星レストランもある。チーズの産地であるから、デザートがものすごく豊富だ。

日本でも高級レストランへ行くと、最後にチーズのワゴンを持ってきてくれる。あれこれ切ってもらい、残った赤ワインでそれを食べるというのはフレンチの醍醐味であるが、ジュネーブは、味も大きさもハンパじゃない。

「ブルーチーズをほんのちょっぴり」

と頼んでも、ケーキのひと切れぐらい切ってくれる。だけどこれがまたおいしいん

だ。

また素敵なことに、ブランド品が安い。どのくらい安いかというと、円高ということもあり、ついこのあいだ行った香港よりも下かもしれない。

同行した編集者二人と、たまたまジュネーブに来ていた若いドクター（この人もイケメン）と四人でショッピングに出かけた。

ここジュネーブは、宝石と時計のメッカであるが、お高いものを売っているところは素通りし、私たちがめざしたのは、セリーヌのショップである。

「今、私、出版不況にやられてビンボーしてるから、ニット買うぐらいよ」

と念を押した。このあいだ香港で買おうかどうか迷ってやっぱりやめた、赤と紺のニット。そお、自動車の絵が編み込まれてるアレを買おーっと。

が、試着したところ、まるっきり似合わないではないか。そお、ここのところ、顔がいっきにジミになっている私。それゆえ絵がない方にして、黒いニットに、流行のオータム・マリンのボーダーTシャツをお買い上げ。スカートも日本よりもずーっと安いし、靴もかわいい。

私がどうやら買う気らしいとわかって、店員さんがコートを勧める。

「ダメ、去年も買ったばっかりだし。紺のコートなんか何枚も持ってるしさー」

断ったのであるが、傍らのギャラリーのうるさいこと。

「ハヤシさん、日本人の底力、見せてやってくださいよッ。お願いします」

「中国人ばっかじゃない。私ら日本人の女だって、まだいっぱい買えるってとこを、このスイス人に教えてやって！」

日の丸でもふらんばかりの勢いなので、ついコートを買ってしまいましたよ。襟の切りっぱなしのところが、今年っぽくてすごくかわいい。

その後はみんなで、なぜかイタリアンのカフェに行き、おいしいパスタにスイスワインをがんがん飲む。スイスワインを飲むのは初めてだ。生産量が少ないために、ほとんど輸出せず国内で飲んでしまうからだという。ブルゴーニュに似たコクと味わいでとてもイケる。

「あーあ、スイスって本当に楽しかったねー」

と、私たちはそのままドクターに送ってもらい空港へ。エールフランスのカウンターに行き、私たちの足は止まった。そこに座る若い男性のハンサムなこと。トム・クルーズの若い頃の顔をもうちょっと細面にして、ヨーロッパ人の陰影をかけた感じ。

「スゴイ、スゴイ」

と私たちは連発し、自分たちを撮るふりして彼もバッチリ写メしたのである。

しかし彼は有能ではなかった。パリで乗り換えるので、荷物をスルーにしてくれと頼んでも、

「ターンテーブルから受け取り、もう一度チェックインして」

の一点張りなのだ(後で聞いたらちゃんと出来るそうだ)。

おまけにデタックスの場所も間違えた。この空港は、スイスとフランスにまたがっている。スイスの税関に行くと、フランスに行けと言われ、フランスに行くと、今度はスイスということで、国境をいったりきたり。なんとたどりつくまで四十分かかった。これも最初の指示が違っていたからだ。

「万国共通、超イケメンは使えない」

と我々は最後に結論を出したのである。

知りすぎたくない

まるで悪夢のような、長ーい残暑がやっと終わった。

あらためて鏡を見て、自分の器量が衰えたことに気づいた人は多いのではなかろうか。ずっと冷房をかける生活が二ヶ月も続いたため、顔がむくんでいる。おしゃれする気にもなれず、秋ものもほとんど買っていない。私なんか昨年（二〇〇九年）は、ユニクロのワンピースで夏を乗り切った記憶がある。今年は数枚のTシャツに麻混七分パンツをよれよれになるまで着た。なんといおうか、あの酷暑は、人から向上心をまるっきりなくしていたのである。

気がつくと体もたっぷん、たっぷんしている。生ビールのせいであろうか、はたま

たマッサージを怠けたせいであろうか。もうお腹はあきらめるとして、気になるのが太ももだ。このままでは〝股ずれ〟という、女としてこの世で何番めかに恥ずかしい事態が起こる。

というわけで、ニューフェイス登場。通販で買った〝レッグマジック〟というやつ。そう、足を踏んばらせて台をスライドさせ、下半身を引き締めるというやつである。

「一日たった一分間でOK!」

といううたい文句であるが、これがきつい。キッチンタイマーを一分に合わせ、左右にバッタンバッタンするのであるが、ウソーッというぐらい長いのである。

始めて二週間であるが、これといった効果はない。しかし意外なことを知った。まわりにこの〝レッグマジック〟を買った人がいっぱいいるのだ。

こういうものはリビングルームに置くと失敗する。「どかせ」と夫に怒られ、しまい込むことになる。美容器具をいちいち出して使う人なんか見たことがない。とにかく表に出して、いつでも使える状態にしておかなくてはいけないということで、私は事務所の入り口の端に置いた。

するとやってくるお客の、かなり多くがあれっと声をあげる。

「これ、私も使ってますよ」

出版社の人だと、

「編集部に置いて、みんなで使ってるー」

ということになる。おとといは、いつものネイルサロンへ行ったら、担当の若い人と〝レッグマジック〟で盛り上がった。

「ハヤシさん、あれは絶対に閉じちゃダメ。場所をとってもいいから、常に開いた状態にしなきゃダメですよ」

という有難いアドバイスをいただいた。

同じ美容器具を使っているというだけで、この連帯感はどうだろう。なんか嬉しいな。

連帯感といえば、私のケイタイにチェーンメールがまわってきた。最近電撃結婚した、某大物芸能人の奥さんの写真だ。この頃、相手を「一般人」と言い張って、絶対に公表しない習慣が出来た。アレって何かイヤですね。昔は有名人と結婚すると、記者会見してくれるのがふつうであった。そこに出てくるスッチーとか〝令嬢〟を見て、あれこれみんなで話す楽しみがなくなってしまったのである。

が、心配することはない。有名人と結婚するような人は、それまでも充分プチ〝有名人〟で、お天気お姉さんをしていたり、読者モデルをしていたりするからだ。メディアにも何度か露出している。というわけで、女性誌に載った写真がまわってくるわけだ。やっぱり美人、キレイと、みんななんだか得したような気分になってくる。

こういうのって、〝ロコミ〟の最たるものであろう。メールの「いっせい送信」のおかげだ。

先日は、友人がメールを送ってくれた。都市伝説のように、ゲイカップルとして認知されていた、俳優のあの人と、シンガーのあの人とが、仲よく公園を散歩しているのを、中学生の息子さんが目撃したそうだ。この話をいろんなところに知らせたら、

「まだ続いてるんだね」

「純愛といってもいいよねー」

と、さまざまな反響が寄せられた。

インターネットの危険性はいろんなところで言われてるけど、発信者も受信者もわかるこういうのって、まだ罪がないですよね。スターの奥さんの顔ってやっぱり見たいもん。

情報というのは本当に大切である。

ところでつい最近、私はある若い男性と知り合った。さわやか草食系が私の好みではないが、まあかなりのレベル。といってもあまりにも若過ぎ、私のターゲットから

除外して、がんがん飲んだところが気に入ったのであろうか。

「エレガントって、ハヤシさんのためにあるような言葉ですね」（本当だってば！）

「ハヤシさんって、現役バリバリっていう感じです」

というおほめの数々をいただき、嬉しくなった。

「うんと年下もいいかも」

と、ソフトバンクのＣＭの若尾文子さんのような心境になったところ、

「ハヤシさんの本を初めて読んだら、あの人、案外トシなんだね。びっくりしました」

だと。友人からのメール。こんなコメント転送しないでほしい。情報過多だってば。

終わりのない恋

秋が深くなってきた。

もの思う頃。そう、恋の季節である。

私は一応ヒトヅマなので、男の人との恋愛をしてはいけないことになっている。そんなわけで、まあ、あたりさわりのないところを行ったり来たりしてる今日この頃。

しかし友人には、恋の猛者が何人もいる。その中の第一人者は、なんといっても脚本家の中園ミホさんであろう。そお、自他共に認める魔性の女。狙った男は、たいがい落とすことが出来るそうだ。

が、このヒト、人気ヒットメーカーなので、ものすごく忙しい。ひとつのドラマに入ると、徹夜が続くことになるそうだ。そのため、合い間に会うと、ちょっとやつれていたり、小ジワが目立ったりしていることもある。ところがである、ひとたび男の人と会うことになると、化粧もばっちりして、すごくかわいいおしゃれをしてくる。たちまち甦る〝奇跡の美貌〟。お湯かけるやいなや、飲み頃になる永谷園のお吸物みたいだ。

この中園さんとダブルデイトすることになった。詳しい話をするとさしつかえがあるので言えませんが、とにかくすんごいおかたい仕事をしている男の人二人と思っていただけばいい。

このうちA氏は、このエッセイにも出てくる、超ハンサム、超エリートである。知り合った頃は二人とも若く、お互いに独身だったので、へんに牽制し合った結果、ついに何もなかった憧れの君。この人とたまにデイトするようになったのは最近のことだ。

いつもメールに、

「僕たちの密会、いつにしようか」

なんて打ってくれるからすごく嬉しい。そお、密会にふさわしく、ちゃんと個室をとってくれるんだから。

このA氏から、同僚のB氏と一緒に飲もうと誘われた。

「あら、私たちの密会の回数が減るじゃん」

なんてすぐ言えるのも、トシマならではの余裕ですね。

「Bは女たらしだから、うんと魅力的な女性をね」

ということで、私は中園さんを誘った。彼女は華の独身である。くれぐれも念を押した。

「Bっていうのはあなたにあげるけど、Aは私のもんだからね」

しかし魔性の女は、ちゃっかりホームページで、A氏の写真をチェックしていたのだ。

「こっちの方がすっごいハンサムじゃん。私、こっちの方がいい!」

だって。ひどい……。

さて当日、私は疲れ果てていた。いつもだったらサロンでブロウしてもらうのであるが、その時間もなく、髪はバッサバサ。せめてもの救いは、ネイルをしたばっかりということであろう。

四人でイタリアンの個室で合コン。まあ、盛り上がったような盛り上がらないような。まずはシャンパンで乾杯し、そのあと白ワイン、赤ワインといきました。

今日もあい変わらず美しい中園ミホ。もともと美人であるが、今日はよりいっそう艶やかで色っぽい。私はとてもかなわないような気がしてきた。

「もう、AでもBでも、好きな方を持ってってくれー」

という心境になってきたのは、自分でもいじましい。こういう魔性の女を誘った私が、本当にバカだったわ。男だったら、みんな彼女みたいなタイプ、好きよね。

そして少々酔っぱらった私は、まっ先にタクシーに乗ってひとり帰ってきた。もうどちらか好きな方をお持ち帰りしてもいいよ——とつぶやきながら。

そしたら、家に着いたとたん、A氏からのメールが届いたではないか。

「今日は四人だったけど、早く密会しましょうね」

見よ、魔性の女にワンポイント勝ち。

先日、久しぶりにテツオと飲んでいた時に私はしみじみ言った。

「あのさ、この頃結構モテるような気もするんだけど、それがどうしたっていう感じ。だってさ、深い仲になるっていうゴールがないんだよ。ゴールがない恋愛なんかさ、したって仕方ないじゃん」

「そう、そう、前のプロセスが使えないんだよなー」

「そう、完結しない恋って、どうしていいのかわからないよ。完結もないから別れもないよ。ただ時間だけが通り過ぎるの……」

　私は深いため息をつく。

　そうしたら、テツオが静かに言った。

「アンタってさー、昔から思ってたんだけど、男の話する時、いつもぷーって鼻の穴がふくらむよねー」

「え、そうかしら」

「そう、そう。オレ、前から気づいてたけど、なんか言えなかったんだよね。今言うけどさ。それって男のこと、自慢してるワケ？」

　そしてヒヒッと笑った。なんてイヤな男であろうか。

　しかしこの男とも二十五年の長いつき合い。私の過去も全部知ってる茶飲み友だち。

　結局さ、女の幸せってさ、こういう男の茶飲み友だちが何人いるかだよねー。女として枯れた今、ホントにそう思いますよ。淋しいですね。

夢みていたいの

うちの町に、不思議な店が出来たのは一年前のこと。

木と草とでまわりをおおい、洞窟風の入り口にしている。覗(のぞ)こうとしたら入り口の壁にミラーが貼ってある。中は暗くて、何本ものローソクがゆらめいている。かなり入りづらいかも……。

そうしたらおととい、一本のメールが。

「広末涼子のダンナの店、ハヤシさんちの近くらしいよ」

うれしい！　さっそく見に行き、ついでに写メも撮ってしまった。

それにしても広末涼子ちゃんのダンナさん、全身にタトゥーを入れているらしい。

報道陣へのメッセージを見たりすると、結構いい人だ。だけど全身タトゥーっていうのはちょっと私の趣味じゃないかも。

男の人を見ていて、私とは違う世界だなあと思うのは、チャームつきのネックレスをしている人。そお、このあいだ歌手のA西クンがつけてた、黒真珠のアレである。胸をはだけてのチェーンも好きではないけど、あれはもう社会的に認知されているのかもしれない。そう、そう、若くて細っこい男の子の金髪は可愛いけど、中年のデブのおじさんのは、本当に暑苦しいだけだ。ああいうの、私、まるっきり受けつけません。

なーんて書いていたら、あちらの方から、

「お前も絶対受けつけないよ」

と言われそうである。ま、いいけどさ。

ところで男の人というのは、女よりも許容範囲が広い。

「ギャルファッションだけは絶対にダメ」

と言っていた友人が、どっかで若いコと知り合ったら、

「案外カワイイ」

と急に宗旨変えした。

「〝巻き〟が入っている女は苦手」

と言っていた人も、そういうのとつき合い始めたりする。友人によると下品な言い方であるが、

「つまるところ、男はヤラせてくれたら誰でもいい」

んだそうだ。

もっと話は落ちていくけれど、私のまわりの男の人、若いのもトシくってるのも含めて、

「長ーい過剰のネイルは勘弁して」

というのは結構多い。

「その最中に、アソコをあの長い爪でひっかかれたらどうしよう」

という恐怖感がくるそうである。「ネイル命」の女が聞いたら、がくっとくるような話である。

さて、この頃なんだかわりとモテるようになった話は既にしたと思う。私はご存知のようにとても冷静な人間で、〝勘違い〟というものをしたことがない。自分のレベルもトシも、充分にわかっている。

だからとても不安になってくるの。私はもしかしたら、とんでもなく図々しいこと

を思っているのではないだろうか。

だから、相手からのメールを友人に読んでもらった。すると、

「すごいじゃん！　これは完全に告白じゃん」

と保証してくれたのである。

が、もっと別の不安がよぎる。

「この男ってさ、もしかすると、デブ専、フケ専？」

過去の苦い体験が、このようにサイギ心の強い女にしてるようだ。

しかしデブ専ということでも、このぜい肉はなんとかしなくてはならない。

この春、肥満クリニックに通い、いっきに十四キロ痩せたのはさんざん書いてきたと思う。店に飾ってあるものが、何でも好きなものを着られる喜び、というのは短かった。

というのは、憧れのブランドをじゃんじゃん買うたび、

「こんな幸せが長続きするはずはない！」

と私は考えていたのではないだろうか。思えばずっと長いこと、デブ、リバウンドを繰り返してきた。どんなダイエットも長くは続かない。どんな肉でもすぐに戻ってくる。ミート・カムバック！

昔、大好きだった彼にフラれた時、私は泣きながら親友にこう言ったのを憶えてる。

「こんな幸せが長く続くはずはないと思ってたのよ。わーん！」

なんてけなげな私であろうか。

それにしても今月から来月はじめにかけては、デイト日和。違う相手と三回お約束がある。私はそのうちの一人に、予定を一週間延ばしてくれるように頼んだ。せめて二、三キロ落としておこうという女心である。

今日、脚本家の大石静さんと一緒に、青山のジル・サンダーショップに出かけた。きゃしゃな体型の大石さんは、すんごく若く見えるし何でも似合う。しかし私は、サイズ38（注・ドイツサイズ）が、まるっきり入らなくなっているではないか。スカートなんか太ももも入らない。

「今年は、どの服もすごく細身につくってあるんです」

とやさしいショップの人は言うが、大石さんはおごそかに言った。

「五ヶ月前ここに一緒に来た時、ハヤシさんは確か38を縮めてもらってたよ」

あの幸せはあまりにも早く私から去っていった。だから恋だって……。

お見合いオタク化現象

運命を信じますか?

私はもちろん信じる方。だからこそ、お見合いとか、人の紹介、というのを否定しない。

「面白そうじゃん、ちょっと会ってみようかな」

という好奇心から、ものすごい恋に発展することだってある。

お見合いと人の紹介との違いは、最近曖昧になっていくばかりであるが、自己紹介書が大きなミソになる。自己紹介書というのは、相手の経歴はもちろん、家族中の学歴や肩書きもちゃんと入っている履歴書みたいなもの。写真は昔みたいに、写真館で

撮った台紙つきの立派なものはもう絶滅状態だ。スナップ写真が主流であろう。が、自己紹介書ははずさない。立派なおうちであればあるほどちゃんと書いてある。

つい最近も、ものすごくお金持ちの名家に嫁いだ友人から、

「うちの娘に誰かいい人いない？」

と封筒に入った自己紹介書を渡された。

そうして別のところからは、本人直々、

「ハヤシさんは顔が広いし、いろんな人を知ってるから、誰か紹介して」

と頼まれる。

自己紹介書つきフォーマルなものからカジュアルまで。こうして私はいつのまにか〝お見合いおばさん〟になっていったのである。

が、とても親切で（ホント）お節介の私は、やはりこのおばさんになる要素はあったらしい。頼まれたからには結構一生懸命やる。

このあいだ結婚相談所にまで行った、億万長者の話をしたと思う。年収のところに「一億五千万」と正直に書いたため、

「冗談はやめてくださいよ！」

と咎(とが)められた友人である。彼は言う。

「海外で一人だと、海外のスイートルームに泊まるのもつまんなくって。誰かいい人いないかなぁ。本気でお願いしますよ」

彼はバツイチの中年男だが、年よりもずっと若く見える。顔もカワイイ。昔からよく知っているが、大金持ちなのにエラぶったところもない。ただ欠点は、若いコが好きなところだ。友人に相談したところ、

「ぴったりのコがいるわ」

と言われた。いいとこのお嬢さまだが、芸能界をめざして上京してひとり暮らしをしているうちに、なんとなく三十を過ぎてしまった。今はバイトしているそうだ。

「女優志望だったからめっちゃくちゃ可愛いのよ。一緒に歩いてると、男の人がみんな彼女を見るの」

すんごい美人なのに、うわついたところがなく、育ちのいいお嬢さまでしっかりしていると彼女はベタ誉めだ。

写真を見せてもらったら、本当にアイドルみたいだ。彼に写真を送ったところ、

「こんなに素敵な人を紹介してくれるんですか⁉」

と大喜びである。それでさっそくお見合いではなく（自己紹介書がないので）、引き合わせることとなった。たまたま彼とお芝居を見に行く約束があったので、チケッ

トを人数分買い、セッティング。

「まぁ、劇場でお引き合わせなんて、古式ゆかしいじゃん」

〝お見合いおばさん〟は大満足である。お芝居の後は、青山のイタリアン「ドンチッチョ」でご飯を食べることになっている。ここは最近私の大のお気に入りの店。いま東京で最も予約の取りづらいイタリアンかもしれない。安くておいしく、店員さんがイケメンばっかりなのだ。バブルのあの時代をほうふつとさせ、喧騒と華やかさが最高。そう広くない店に、流行の格好をしたおしゃれな男女がびっしり座っていて、人いきれでむんむんしている。私たちが行った時は、背中にタトゥーをしていた女の子が酔っぱらって、ふらふらと出てきて通路に倒れてしまった。それを金持ちそうな男性が介抱するのも、昔懐かしい、いい光景である。

ところで相手の女の子であるが、お芝居の前に初めて会った。正直「ふーむ」と困惑した私。確かに可愛いのであるが、ファッションのセンスが関西ノリなのである。髪は茶色に染めて巻きが入ってる。それよりもびっくりしたのは、髪にキラキラ輝くティアラである。最初コスプレしているのかと思ったのであるが、よーく見るとフェイクダイヤのヘアバンドであった。後、揺れるイヤリングに三連のチェーン。親しい仲だったら、

「そのヘアバンドはとった方がいいかも……」

と言えたかもしれないし、私も初対面だし……と思っているうちにお芝居が始まった。

そして夜の会食となったのであるが、いけなかったことに、ここに私は別の友人を一人呼んどいたのだ。最初はお芝居からのつもりだったのに「ドンチッチョだけでも行く」とのこと。

四十代だし、ヒトヅマだし、ま、いいかと思ったのであるが、元女子アナの彼女はすっごく綺麗。話もめちゃくちゃ面白く、億万長者とはすごく気が合ったらしく、さっそく携帯を赤外線キスさせてた。ティアラの彼女には本当に可哀想なことをしてしまった。〝お見合いおばさん〟は胸がいたむ。しかしこれにこりず、また電話をしてる。あの元女子アナに、

「昨日会ったあの男に、後輩で誰かいいコいない」

こうなるともうオタクかも。

女優オーラ始めました⁉

その女の子が店に入ってきた時、あたりの空気は一変した。白いポンチョ着て、長いサラッとした髪を白いヘアバンドでとめてる。サングラスがきまってる。目立たない暗いテラス席に座ると、彼女はそれをはずした。

そう、人気若手女優の○ちゃんじゃないの。どうやらデイトするらしい。美人女優さんが居並ぶ中では、ビミョーと評されることがある○ちゃんであるが、可愛い、なんてもんじゃない！　妖精のようなピュアな美しさに溢れていた。何よりも女優のオーラがあるではないか。

私はすっかり興奮し、次の日みんなにメールしまくった。

「〇ちゃん見たよ。かわいー。信じられないぐらいかわいー」

ホリキさんから電話があった。

「あのコって、私服がものすごく可愛いんだよねー」

そう、女優オーラに欠かせないものは、私服のセンスのよさなのである。

ご存知のように、芸能人の方々はスタイリストが選んでくれるお洋服を着る。取材や記者発表の時のアレですね。

私がコピーライターになった頃、つまりギョーカイに入った頃、スタイリストでいちばんエラいのは、エディトリアルスタイリスト。つまりファッション誌をやっている人たちであった。

特に「アンアン」のスタイリストといえば、もー、頂点に立っている人たちである。当時のご威光たるや本当にすごかった。私なんかスーパーのチラシのコピーやってたので、スタイリストもそのランク。彼女たちはよく、

「私たちに商品貸してくれるとこなんてないのよ」

なんてこぼしてた。そんな彼女たちがブランド店に勉強のために入っていくと、

「アンアン」や「ノンノ」なんかのスタイリストが、店員さんに商品を持ってこさせ

ているのを目撃する。かなりエバってると彼女たちには見えたようだ。

「いつかあんな風になりたいって、憧れたわ……」

ヘアメイクもそう。ヒエラルキーのてっぺんは、一流ファッション誌をやっている人であった。CMの人たちは収入がすごくいいけど、やっぱりギョーカイの権威でいえば、二番手という感じであったろうか。

モデルさんだと、いちばんエラいのはショーモデル。これは今も変わらないかも。パリコレに出た人たちは別格の扱いになる。

ところでこの十年ぐらいで、女優さんやタレントさんについてるヘアメイクさんやスタイリストさんたちが、すごくエラくなってきた。芸能人の誰それを手がけている、というのがはっきりと打ち出される。しかも女優さんやタレントさんというのは、孤独な職業だ。一般人の友人をなかなか持てない。彼女たちが言う「友だち」というのは、ほとんどの場合、ヘアメイクさんかスタイリストさんですね。対談の時なんか付いてきて、タレントさんとぴっちりメイクルームにひきこもる。外の人を寄せつけない、という感じだ。コンサートの時、客席のタレントさんの傍には、必ずヘアメイクさんかスタイリストさんがいる。そんなわけで、彼ら、彼女たちの力は日ましに大きくなるばかりだ。

だけど中には、センスの悪い人が何人かいて、ドン小西さんに酷評される。たいていの場合、記者会見の時の衣裳なのであるが、シロウトの私も、見ていて、なんだかなァ……と思うぐらいひどい。

「一応流行ものを押さえておきゃいいだろうっていう、スタイリストの意図がミエミエ」

なんてドン小西さんは手厳しい。

私の知っている限り、スタイリストさんの好みか、はたまた事務所の方針なのか、○ちゃんは、清楚なお嬢さんっぽいものが多い。しかしレストランで見かけた私服の彼女は、シャープなモード系。それがとっても似合っていた。やはり日常の空間で、女優オーラを発するには、自分で選んだ服のセンスがモノを言うのだとつくづく思う。

つい先日のこと、とある海外の街で、お茶を飲んでいた。観光客など来ない、地元のセルフサービスのコーヒー店だ。朝早くて私たち以外誰もいない。するとにぎやかに日本語が聞こえ、ドアが開いた。中に入ってきたのは、すごく可愛い女の子と、まあ、ふつうの女の子。

「あ、タレントの××ちゃんだ」

と私はすぐにわかったのであるが、一緒にいた女性編集者二人は絶対に違うという。

「あんなにダサい格好してますかね」

確かにスキット帽にフリルのミニスカートという格好はイケてなかった。その××ちゃんは、一流大学出の知的なタレントというのが売りモノだ。

しかし先週彼女たちに会ったら、

「ハヤシさん、鋭い。さすが」

と誉められた。やっぱり彼女は、あの時期テレビのレポーターとして、あの街に行っていたことが判明したという。

そう、センスのいい可愛い服と夜のサングラス、これで私も女優オーラを発することが出来るかもしれない。おばさん体型もそれなりにベテラン女優の風格が出るかも……。やっぱりムリか。

シワと仲よく

痩せたのもアッという間だったが、リバウンドもアッという間のサプリメントダイエット。

以前のサイズでは、お洋服が入らなくなった。それまではスルスルと何の苦もなくはけたスカートが、腰のところでひっかかる。当然のことながらパンツ類は全滅。

そういえば今年（二〇一〇年）の春、何着もお直しをショップに運び、

「とにかく大きくなってぶかぶかなの。なんとかして」

などと頼んでいたのに、半年もたたぬ間にこのていたらく。

「どうせすぐ太るんだから、お直しなんかやめとけばいいのに……」

と店員さんたちは思っていたに違いない……。

しかし太って思わぬことが起こった。男性のウケが、こっちの方がはるかにいいのである。

「前のキミよりも、今の方がいいよ」

何人もに言われた。

「前って、痩せ過ぎでギスギスしてたもん」

頬がこけていたのがオバさんっぽく、今の方が若く見えるそうだ。

「そんなことはない。痩せてた時の方がずっといい！ 僕と一緒にあのクリニックに、もう一回行こう」

と会うたびに言うのは、サエグサシゲアキさん。この人は昔から、

「女は美人で痩せてなきゃダメ。絶対にダメ」

という人である。私よりもすごいダイエッターで、

「今、〇〇キロだから、あと三キロは痩せなきゃ」

というような話ばっかりだ。

しかしサエグサさんは少数派。私のまわりの男性は、みんなぽっちゃり派ということが判明した。はっきり言ってモテます！ が、ここが肝心なところであるが、私は

ヒトヅマのうえにリバウンドによるお腹の肉が大変なことになっている。ゆえにそんなことは絶対に起きないと思う。どんなに素敵な人に誘われても、このおニクを見せるくらいならとお断りします。余計な心配であろうが、一応は考えてる。

「顔ぽっちゃり、お腹どっちゃり」

という状態は、私にとってかなり矛盾する状態なのだ。

しかし、何かふわふわした気分の私は、一年ぶりにエステに行った。このエステは、確かサエグサさんが連れていってくれたところだ。何かの気体（憶えていない）を肌に注入し、顔をほっそりさせるという最新の機械があったのである。しかしそれが私には合わず、次の日鏡を見てびっくりした。コブとりおばさんがそこにいたのだ。気体が抜けるまで一週間かかったと思う。

それにもかかわらず、そのエステに向かったのは、他を知らないのと、いつもそこがいちばん新しい機械を導入していると聞いたからだ。

まず電気によるイオン導入というやつをした。これがかなり痛い、熱い。しかしキレイになるためには我慢をしなくては。施術してくれている美人の看護師さんが言う。

「私もいくつかのクリニックを転職していますが、ここの機械はすごいですよ。おそらく日本でいちばん新しいものを入れてると思います」

そしてこんなことも。

「今、これだけ機械が発達してますから、メスを入れる手術なんかしなくても、充分やっていけますよ」

そうでしょう、と嬉しくなる。そうなの、美容整形を母体にしたクリニックだと、何回か行くうちに必ずドクターが言う。

「機械には限りがありますよ。今のうちに手術した方がいいですよ」

何かあれがイヤで、遠ざかってしまったところがある。しかしここでは機械だけでオーケーとうけ合ってくれた。輸入したばかりの最新の機械だけあり、時々英語のアナウンスが入る。それもいい感じだわ。

「ハヤシさんは、ほとんど法令線がないし、肌理が細かくて綺麗な肌です。月に一度のお手入れで大丈夫」

とほめられ、とても嬉しくなった。しかし私は最後の最後に、ちょっと欲を出してしまった。

「あの、口角のシワが、すっごく気になるの。あそこにボトックスうってくれないでしょうか」

「それはボトックスではなく、ヒアルロン酸ですね」

ということで、ドクターに注射してもらっちゃった。あんなに気になったシワがなくなり私は大喜び。帰ってさっそく夫に自慢した。

「この美しくなった妻の顔を、よーく見て」

そうしたらうちの夫、何と言ったと思います。

「それって整形ってやつじゃん」

だって。今どき注射ぐらいでこんなこと言うなんて。そのうちリフトアップやったる。

しかし大問題が。次の日、鏡を見ると私の口のまわりにかなり目立つふくらみが。そう思い出した！　自分がヒアルロン酸やボトックスなど注入類とあまり相性がよくなかったことを。再び、「ミニコブとりおばさん」になっちゃった。

赤い糸、結びます！

このあいだ取材が縁で知り合った、三十六歳の素敵なドクター。ぴっかぴかの独身です。

私は何人かのお医者さんを知っているが、中には鼻もちならないのも何人かいる。ずうーっと昔、酔った席で友だちの弟の医学生をいじめていたら、突然キレて、

「ボクなんか医者になって、うんとキレイなやさしい女と結婚するんだからな。医者だから、いくらでも出来るんだー。誰がお前らなんか相手にするか」

と怒鳴った言葉を忘れない。

ま、今もお医者さんにはそんなところがあるかもしれないな。しかしそのドクター

ハヤシさん
ドクターはいただくワ

は、えらぶったところが何もなく、とてもいい感じでナチュラル、謙虚。
「彼女と別れたばかりなんで、誰か紹介してください」
というので、私も心の中であれこれみつくろっていた。
ある夜、彼に暇が出来たというので、私と編集者のナカセさんとでご飯を食べた。
ナカセさんというのは、今やテレビのコメンテーターとしても大活躍。
かのマツコ・デラックスさんも、
「あの人は、人づき合いの天才ね」
と誉めたたえる、ものすごく面白い頭のいい女性である。
ところでご飯を食べ終わるやいなや、ナカセさんが言った。
「この後、二次会はA子を呼んでますので、ハヤシさんもちょっと顔を出してくださ
い」
A子さんというのは、ナカセさんの親友。やはり編集者をしている、とても魅力的
で頭のいい女性であるが、
「あの人、センセイより五歳年上じゃなかったっけ……」
私の言葉をナカセさんは必死で遮る。
「五歳ぐらいどうっていうことありませんよ。それに彼女は、すっごく若く見えます

し」

「そりゃそうかもしれないけど、あの人、ユニークすぎるといおうか、面白すぎるといおうか……」

「ハヤシさん、A子の幸せを邪魔するんですかッ」

とナカセさんに睨(にら)まれた。

独身のドクターというのは、マスコミの女性たちにとってもやはり大変な価値があり、早くも出会いが仕組まれていたのである。

私はそのまま帰ったのであるが、「お引き合わせ」は、あまりうまくいかなかったようだ。次の日ドクターに首尾を問い合わせたところ、

「年上の女性にトラウマがあるんです。やっぱり若い人をよろしくお願いいたします」

と正直な返事が返ってきた。

そのメールを読みながら、ふと目をあげると、鏡の中にすんごい美人が。そう、長いこと私のヘアメイクをやってくれているB子ちゃんは、タレントさんでもやっていけそうなレベルである。容姿もさることながら、余計なことをいっさい言わない頭のよさもいい。

「そーだ、B子ちゃんなんか好みかもしれない」

私は彼女に断って写メし、さっそくドクターに送ったところ、

「美しくてしっかりしてそうな人ですね。僕にチャンスをください！」

という返事がきた。しかし、まぁ、男の人ならみんなこういうことを言うかもとほっておいたところ、二日後メールがきた。

「わがままなようですが、今月の僕のスケジュールを伝えます。この日に会えないでしょうか」

だと。こういう速攻はなかなかのものである。かなり心を惹かれている様子だ。

しかしB子ちゃんは、

「会ってもいいですけど、私も忙しくて」

と、そんなに気ノリしていない。独身の女だったら多くがするように、

「えー、独身のお医者さんですか！　絶対に会わせてくださいッ」

という浮ついたところがないのが好ましい。

「そんなに仕事、好きなの？」

「ええ、面白くて、楽しくて」

天職、なんだと。私だったら、どんなに仕事が面白くても、三十過ぎて、相手がド

クターだったら、パッと喰らいつくぞい。

しかしB子ちゃんは、「忙しい」と言って、たった三日間しか、空いてる日を出してくれなかった。それでは勤務医のドクターの空いてる日とまるっきり合わない。

「それでは来月、ということで、よろしくお願いします」

しかし彼は諦めない。いい感じである。男の人が積極的ならば、三十代の恋は早くまとまるものだ。

ところでこのあいだの「アンアン」で、結婚特集が組まれていた。「結婚できる女」はここが決めて、という内容であったが、私のようなトシマに好かれることも大切な要素であろう。親切でお節介、そして手持ちのカードもいっぱい持ってますぜ。

さて、うちにアルバイトの女子大生がやってきた。さる名門女子大三年生の彼女は、就活中であるが、今年（二〇一〇年）は本当に厳しいと嘆く。

「あなたみたいに可愛いんだったら、いっそ婚活に切り替えたら」

と勧めたらかなり乗り気になってる。B子ちゃんとまとまらなかったら、こちらもアリかもと思う〝お見合いおばさん〟な私。

ダイエット同盟

あれらの日々は、いったい何だったのだろうかと、この頃しみじみと思う私。

そう、肥満のクリニックへ通い、アッという間に十二キロ痩せた、昨年(二〇〇九年)の夏から今年の春にかけての日々ですね。

いろんなことがあり、クリニックへ行かなくなり三ヶ月が過ぎた。そしておととい久しぶりに、本当にこわごわ体重計にのった。そしたら、そしたら、そしたら……。

体重が全く元に戻っているではないか!

ショックのあまり、へなへなとその場に座り込んでしまった。道理で冬服がまるっきり着られなくなっていたわけだ。

昨年の秋口は、まるで奇跡のような日が続いていたっけ。ショーウインドウで見て、ステキとため息をつき、だけど絶対にダメだワと諦めていた服。そう、ずうっと長いことデブでいた私は〝目算〟が発達している。目でチラッと見て、入るわけないとずうっと、ずうっと思っていたお洋服。それがスルスルと全部入ってしまうではないか。ふつうのサイズの人はわからないと思うが、こういう時、デブは嬉しさよりもとまどいの気持ちの方が強い。

「ウッソー、こんなのアリー!?」

ということで、バカバカ買ってしまった。

しかし今のこのていたらく。まるで魔法のように痩せ、魔法のようにリバウンドしてしまったのだ。

「人間のカラダが、こんなに急激に肉をつけるものであろうか」

疑問に思ったって仕方ない。ついたものはついてしまったのである。それにしても、あのクリニック、本当にお金がかかったよな……。大金をかけ、あっという間に戻り、そして残ったのは高級ブランドの数々である。一度着たかったブランドのもの。

ロエベのワンピ（二回着ただけ）、ロエベの革のタイトスカート（一度も着ていない……）、そしてセリーヌのスカートにブラウス、ジャケット、プラダのうんと可愛いスーツ、ジルのぴったりワンピ、ドルガバのライダース。再び季節がめぐり、寒くなって着ようとしたら、前ボタンがとまらない、ファスナーが上がらない。

そしてショックなことは続く。

先々週、ハワイにバカンスに出かけた。円高のせいで、何もかもものすごく安かったが、何も買わないつもりであった。あの「洋服が入らない」ショックが長びいているのと、今年後半になってからますますひどくなった出版不況のせいで、もう本当に買物する気にはなれないのだ。しかし現地の若い友人の、

「私、ハヤシさんのバンバン買うところ見たーい」

という声に踊らされ、つい入ってしまったシャネルブティック、ここで何点かジャケットを試着したのであるが、まるで似合わないのである。ラメの糸で織られた、おなじみのシャネルジャケットは、わりとかさ高い。細っこい人が着るとものすごく格好いいのであるが、私のサイズで私が着ると、非常に太ってみえる。

鏡で見ると、まるで雪だるまみたいではないか。それでニットに手を伸ばしたのであるが、こちらも今ひとつキマらない。円高でうーんと安くなっているシャネルを、一枚買いたかったのに本当に残念だ。そんなことより、家のクローゼットで眠っている、たくさんの洋服、どうすればいいんだ!? 昨年のコートなんか、ホントに入らな

いかもしれないよ。

そして私は、日本へ帰り、ただちにダイエットを開始した。今までは朝だけ、白米などの炭水化物をたっぷり摂っていたがそれも廃止にした。ご飯を食べたついでに、ついお菓子なども口にするからだ。そして夜はアルコール禁止。飲むとしても、ワインをちょっぴりということにする。

それまで私は、ちょっとイイナと思う男の人とデイトする時、ものすごくワインを飲んだ。それは今考えると、自分のやましさをうち消そうとするのと、理性を薄くしようとする心の働きだったに違いない。

が、肝心の相手がしっかりと〝理性〟を持っているんだから、こちらだけ酔っぱらってどうなるものでもない。よってアルコールはたしなむ程度にしよう。

そして私は、今回新しいことを思いついた。そう、私はダイエットを始めるたびに何か必ず新しいことをつけ加えるのである。

今回は「仲よしダイエット」。私と同じように体重に悩み、かつ私と同じぐらいおいしいもの好き、お洋服好きの友だちと誓い合った。

これから毎日の行動、食べたもの、体重をメールで発表し合おう、そしてお互いを叱り合い、励まし合いましょう。

彼女は人生最大の体重になり、もう死にたいぐらいだと、えんえんと悩みを書いてきた。

が、体重を見てびっくり。私よりずーっと少ないのである。よって私はこちらの体重はあくまでも隠すことにした。ずるいけど仕方ないワ。よりデブの方のメンタルが、この場合は優先されるのよ。

居直りサギよッ

友だちとメールで、食べたものと行動、体重を報告し合う「仲よしダイエット」。なんとハワイから帰った直後から、二・四キログラム痩せたではないか。

「ダイエットに王道なし」

という言葉を、しみじみと噛みしめる私。しかしこれからクリスマス、お正月にかけて、食事会や宴会がぎっしり入っている。

これをどう乗り切るかに、今後の私たちの運命がかかっているのだ。

ところで最近、私の肌の調子がものすごくいい。自分で言うのもナンだけど、艶々していてファンデーションを塗るのがもったいないぐらいだ。

いつもヘアメイクをやってくれるA子ちゃんも、

「ハヤシさん、どうしたんですか。肌、めちゃくちゃいいですよー」

と誉めてくれた。これはどうしてかというと、このところ海外旅行に行くことが多く、免税の化粧品をたっぷりつけているからであろう。いつもは高くて手が出ない、高価な化粧品も朝晩たっぷり、デコルテの方まで塗っていく。引き締め効果のあるものもあって、

「ハヤシさん、顔が小さくなってますよ」

とA子さんに誉められた。

「本当にうちのサロンのお客さんに、ハヤシさんのツメのアカでもせんじて飲ませたいですよ。全然努力しない人がいっぱいいますからねえ」

そんなァ、おホホと笑った後、私は真実に気づく。

「強い意志持って努力している人が、こんなにぶくぶく太るワケないじゃん」

とたんに黙りこくる彼女であった。

ところでトーキョーは今、演劇シーズンである。知り合いが出ていることも多く、今週だけで三回出かけた。まず行ったのは赤坂ACTシアターでの「ファントム」。これは大人気の大沢たかおさん主演だ。若い女性がいっぱい詰めかけていた。この大

沢さんのファントムもよかったが、相手役の杏ちゃんの美しいことといったらない。対談がきっかけでご招待をいただいたのであるが、直前に彼女が出た「情熱大陸」を見ていたら、発声練習からやっていて、これで本番大丈夫かしらと、親戚のおばさんになった気分で不安になったものだ。

しかしオペラ歌手という役柄にふさわしくクラシックの高声がちゃんと出ていてホッとする。そりゃあ、宝塚や劇団四季のOGを探せば、歌や踊りが完璧な人はいくらでもいるであろう。が、こんなピュアな美しさと愛らしさを持った女優さんはめったにいるものではない。

「杏ちゃん、よくやった。頑張ったね」

と、私は限りない拍手をおくったのである。

その次の日は、俳優座劇場へ「真砂女」を見に行った。昔からの友人、藤真利子ちゃんが主演しているのだ。

若い頃はよくツルんで遊んでもらったが、あの頃の真利子ちゃんは前衛をしてた。聖心女子大卒のお嬢さまなのに、大胆な役をばんばんやって高い評価を得ていた。今の女優さんでいえば、寺島しのぶさん、といったところだろうか。

それどころか突然髪をテクノカットにし、坂本龍一さんと組んでレコード（当時は

CDじゃない）を出したりしていた。当然恋の噂もいっぱい。おきゃんで華やかで可愛い女優さんであったのだが、ある時からぱったり姿を見せなくなった。風の噂では、寝たきりになったお母さまの看病をしているとのこと。母ひとり子ひとりなので、ふつうの何倍もの愛情で結ばれているらしいのだ。

今年（二〇一〇年）になってから偶然彼女とばったり会ったら、ちょっと疲れているみたいな感じであった。その後食事をした際には、

「介護も落ち着いたし、そろそろ仕事に戻らなきゃ」

と言ってたっけ。

そして活動を開始し、五年半ぶりの今回の舞台である。もちろん主役である。相変わらず演技がうまい。すごい存在感だ。

その後夜食を一緒にとったのだが、彼女は完全に女優のオーラを取り戻していた。その美しいこと、いきいきとしていることといったらない。

なんか女優さんというのは、私らと別の人種だなアと思わずにはいられない。またたくまに、美しい声も、美しい容姿も手に入れることが出来るのだ。必死のトレーニングによって、ないものは自分のものにし、失ったものは取り戻す。本当にすごい。

そして昨日は、明治座に黒木瞳さんの舞台を見に行ったら、あまりの若さ、あまり

の可愛らしさ、あまりの美しさに、私たちは呆然としてしまった。

「黒木さんって魔女だよね。少しも年とらないもんね……」

だけどそれにしても、明治座の団体のおばさま方って、ちょっとマナーが悪いですね。私たちの前の席の方々は、缶ビールをぐびぐび飲み、そして上演中にいっせいにおせんべいをボリボリ。ファッションも……。いや、いや言うまい。

しかし舞台の黒木さんに感嘆したら、ちょっとは反省っていうものをしてもいいと思うワ。あまりにも違い過ぎると諦めているんだろうか。そりゃ私も自分とは違い過ぎると思うけど居直ったりはしてないもん。それだけマシよね。

もう一度
ひと花

女の解禁日

今夜は久しぶりに、セレブワインの会の集まりであった。

これは言ってみれば、お金持ち若オヤジの集まり。

「ハヤシマリコさんを囲む会」

ということであるが、これは名目。みなが高級ワインを持ち込み、やがて女性を持ち込むようになった。

中でもA氏の女性リストはすごい。この方は大金持ちのうえにハンサム。しかも家柄もよい。そしてこれが大切なところであるが、バツイチで今のところ独身なのである。

当然のことながら、この人のところには、日本中の美女が集まる。

この日のメンバーもすごかった。

いつものレギュラーの二人が欠席したため急きょメールをうって、動員をかけたそうである。五人の女性を連れてきた。

誰でも知ってるカリスマ有名モデル

元ミス・ユニバース日本代表

女優志望のモデル

人気女性誌××の専属モデル

歌手

いずれも、ほーっとため息が出るような美女ばっかりである。こういう方々を一時間ぐらいで集められる彼の実力というのは本当にすごい。

そして会食が始まった。このあいだミシュランで一ツ星を獲得したフレンチの料理は、どれも凝っていてすっごくおいしい。そして男の人たちが持ち込んだワインは、シャトー・ラトゥール、エシェゾー、ムルソーといった高級ワインばかりである。

が、イジワルなおばさんの関心は、別のところにあった。このハイカロリーな、フレンチ&ワインに、スレンダーな美女たちはどのように対処しているのであろうか。

カリスマモデルは、パチパチ写メールを撮っていたが、ほとんど手をつけなかった。特にパンとデザートは全く食べていないことを私は見逃さなかった。

「やっぱり夜は炭水化物と、甘いものを食べないんだワ」

そしてもう一人の美女、元ミス・ユニバース日本代表は、パクパクよく召し上がる。ワインもすいすい。

「私、こういう時、残すの大嫌いなんです」

そのかわり、ピラティスをちゃんとしているそうだ。

「ハヤシさん、朝は何を食べてますか」

「この頃、ダイエットをしているので、リンゴにヨーグルトよ」

「それもいいですけど、パイナップルをミキサーにかけたものを食べてください。パイナップルの酵素って体にいちばんいいんです」

便秘とかもなく、体中の毒素がいっぺんに失くなるそうだ。私はこういうことをちゃんと心の中でメモしておく。これだけ美しい人がいると、美容法もその数だけあるのですね。

そして今日、いちばんワインを飲んだのは、デザイナーのB子さんである。この方はワイン会のメンバーで、ワインにものすごく詳しい。飲み方もハンパじゃない。しかも妖艶な美しさを持ち、体はほっそりしている。

「ねぇ、そんだけ飲んで、どうしてこんなにキレイなの」

酔っぱらった私はしつこく聞いた。すると彼女はこうささやいた。

「あんまり大きな声で言えないけど、私、腸洗浄をしているの。どんなに遅く帰ってきても、必ず腸を洗うのよ。だから太らないし、肌もピカピカなんだから」

食事中ということで具体的には教えてくれなかったが、今度腸洗浄の指導をする薬局に連れていってくれるそうである。本当にうれしい。

ところでワイン会の次の日は山梨へ。仲よしの中井美穂ちゃんと姿月あさとさんが、

「山梨のワイナリーへ行って、ワインを飲んでみたい」

というので、故郷を案内したのである。

この二人はものすごく食べる。ワインも飲み、カフェのソーセージ、パン、サラダもパクパク。

「ボクは食べる女の人、大好きなんだ」

一緒に行ったC氏が言う。

「ボクはこの頃の若い女のコって、本当に腹が立つんだ。ものすごくいいレストランに連れていってあげても、メインは食べませんとか、量を半分に、とか平気で言うじ

ゃん。いい加減にしろ、って怒鳴りたくなるよなー」

　男の人というのは、ふだんいくらダイエットをしていても、自分と一緒の時は「解禁」にしてほしい。今日はナンタラカンタラというのは、日常の続きで、全く自分は相手にされていない、ということになるようだ。

　確かに、食事制限をしてダイエットというのは、いわゆる「舞台裏」で、男の人と一緒の時にするべきことじゃないかも。

「私はこういう時、いっさい食事制限しません」

　という元ミス・ユニバースの言葉がいちばん正しいのであろう。

　そお、男の人と一緒の時には、放らつに食べる。この放らつ、というのはとてもセクシーなこと。このちょっとしただらしなさが、性的なことにつながっているんだワ。そしてだらしなく食べて、ちょっと男の人にだらしなくなる。これがあるべき食事の姿なのだ。

疑惑をかけられた女

久しぶりにテレビに生出演したら、反響が大きくてビックリ。

このコラムを読んでいる皆さんなら、私がどれほど〝美〟に向かって、日々奮闘しているかご存知であろう。

お金と時間だって、うんと遣ってるの、知ってるよね。そのせいで、ま、同世代のおばさんよりは、若く見えると思うワ。もちろんお世辞だとわかっているが、若い男性アナウンサーは、

「お綺麗ですね」

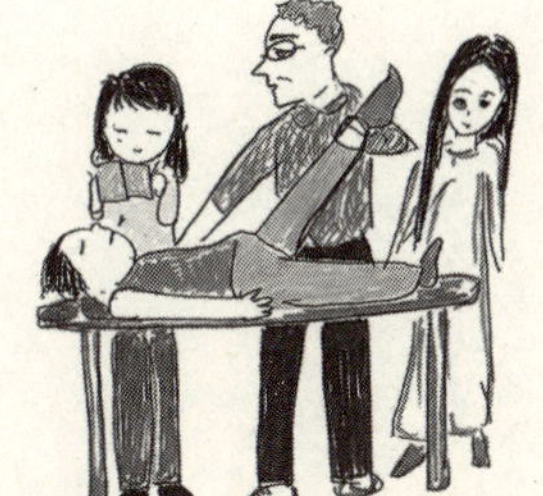

なんて言ってくれちゃって、「人間努力が大切」と鼻息荒くして家に帰り、ビデオを見たら、やっぱりデブに映っていてがっかりした……。

しかし次の日、さっそくこんな電話がうちにかかってきたらしい。

「ちょっとォ、昔とすごおく顔が変わってるんだけど、いったい何をしたの」

「何もしてませんよ」

と、うちのハタケヤマが答えたところ、

「口止めされてるんでしょッ」

と電話が切られたという。これって整形したでしょ、っていうことよね。なんかうれしい……。それだけ変わった、ということの何よりの証拠よね。

急に私は、昔私をフッた男の人に会いたくなった。今の私を見て、「惜しい」とか、ちらっと思ってほしい。しかし無理。ケイタイを着信拒否にされているからである。

ま、いいけど。ところである日、私はジャージを持って電車に乗った。ある郊外の町に、アメリカから来た有名なボディ・ワーカーが住んでいる。友だちがそこに連れていってくれるというのだ。

「ハヤシさんって、肩もんであげたことがあるけど、コチコチだもん。こんなにコッてる人、見たことない。私、ハヤシさんに、内側から健康に、キレイになってほしいんです」

　ということで駅前で待ち合わせをしたのだ。商店街を抜け、住宅地を進み、着いたところはごくふつうのマンション。インターフォンで呼び出し、五階へと進んだ。背の高い中年のアメリカ人と、そして通訳を兼ねる同棲相手の日本人女性が迎えてくれた。

　そしてジャージに着替え、高さのあるベッドに横たわる。

「ハヤシさん、私も勉強のために横にいていいですか」

と友人。彼女もこのボディ・ワーキングを習得したいそうだ。

「これから、あなたの体をノックしますから、それをあなた自身の言葉で語りなさい」

　とアメリカ人が言う。そして私のいろんな筋肉を解説しながら、中指でとんとん叩いていく。まずは足首。

「どんな気分ですか」

「わりと……気持ちいいですが……」

　それじゃダメなんだそうだ。

「あなたのオリジナルな表現を言葉にしなさい」

「えーと、小さな波が、砂浜に来て日だまりであったかくなっていくような……」

いろいろ聞かれるので、必死で考えなくてはならない。居眠りも出来ませんよ。私は彦摩呂か。

アメリカ人は私の足の裏に触る。

「あなたは、いつもイタリア製の、ヒールの高い靴を履いてますね」

「わかりますか」

「幅の狭い靴に、無理やり足を押し込んでいるので、爪先の裏に角質がたまってます」

そうなのだ。長時間履いていると、裏の方からヒリヒリするような痛みがくる。これはすべて角質の問題だったということがわかった。

そして今度、脚を屈伸させて、アメリカ人の手は腰に。といっても別にヘンなことをするわけじゃない。脚を屈伸させて、筋肉の動きを見るんだって。私の友人は平気でパンツに手を入れ、私のお尻に直に触る。こうして筋肉の震えを確認するんだそうだ。

やがて三時間にわたってのワーキングが終わった。本当は二万二千円の料金を取るらしいのだが、私の若い友人が、

「ハヤシさんには、いつもご馳走してもらっているから」

ということでおごってくれたのである。

帰り、二人で夜道を歩く。私は密かに、ほんの一瞬であるが、彼女がレズじゃないかと疑ったことを恥じたのである。

「ハヤシさん、体どうですか。軽くなりましたか。いい感じですか」

「うーん、ビミョウ……」

しかし成果はあった。彼女はしみじみとこう言ったのである。

「私、さっきハヤシさんのお尻触ったら、あんまりスベスベで弾力あったんで、びっくりしちゃった。本当に綺麗な肌ですよね」

やはり日頃のボディクリームの成果はあったのだと、私はとてもうれしくなった。そしてつい、こんな言葉を口走ったのである。

「それじゃ、誰かに触ってもらいたいなー。私も女の人生、もう一度ひと花咲かせようかしら」

彼女はそれには答えない。

「よく言うよ」

と思ったのであろうか。が、このひと言で私はにわかに華やいだ気分になったのである。それがテレビの生放送にも反映されたかもしれないのだ。整形疑惑もあったぐらいに。

欲張り禁止令

前にもお話ししたとおり、仲よしとやり始めた「仲よしダイエット」。毎朝の体重と食べたもの、そして反省点をメールで報告し合うものである。

これは似たような人とやらなきゃダメ。食べ物への興味もなく、コンビニ弁当ばっかりやってるような人とメールを交しても何の意味もない。

その点、A子さんは私よりもずっとお金持ちで、ものすごい美食家。いろんなお店のシェフと友だちで、お店の情報もすごい。ヨーロッパやアメリカにもしょっちゅう行って食べ歩いてる。こういう方が我慢するからこそ、私も頑張らなきゃ、と思うのだ。

　ついこのあいだは、

「〇〇〇（私にはわからない長い名前）のチョコレートパイをつい買ってしまったけれど、どうしたらいいと思う？」

　というメールが夕方入り、私は、

「ダメ！　ダメ！　ダメ、ダメー!!」

　と絵文字やらデコメをいっぱい使い阻止した。

「ひと口だけ食べ、息子さんに食べさせて、あとは誰かにあげなさい」

　彼女は息子さんに食べさせて、事なきを得たという。

「今までいろんなダイエットをしたけど、この『お友だちダイエット』に勝るものはないわ」

　とお墨つきをいただき、二人とも一ヶ月で二キロは痩せたはずである。

　私はつくづく思うのであるが、

「二ヶ月で十五キロ痩せる」

　というダイエットは、二ヶ月でリバウンドする。ついこのあいだやったから本当にわかる。一ヶ月二キロをめざし、コツコツ自分の意志を貫く「お友だちダイエット」、ぜひやってください。

ところでこのダイエット仲間以外にも、私にはいろいろなところから、いろいろな情報が入る。それをつい試してしまうのが、私のまだ達観出来ないところだ。

ヘアメイクのB子ちゃんから、耳よりの情報が。

「加圧パンツっていうのが、すごくいいらしいですよ。うちのサロンのお客さんで、一ヶ月に三キロ痩せたっていう人がいますもん」

さっそく通販でとり寄せた。

別の友人は言う。

「やっぱりマサイシューズ（MBT）は効くわよ。私、ふとももが五センチ細くなったもん」

このシューズなら買ったもののすぐに飽きて、確か靴箱の隅っこにほっぽり出していたような……。が、あった。もうこうなったら、加圧パンツを着、MBTをはいて、ウォーキングしようではないか。幸いうちのまわりはすごい坂道が多く、ここを選んで朝歩くようにした。それがきついって何の。息もたえだえになり、ぜぇぜぇという感じである。おまけにパンツがきつく、ずっと便秘状態が続いている。が、それにもめげず、毎朝、必死で坂道を歩く私を誉めてほしい。

そう、それからヘアメイクのB子ちゃんからまた耳よりの話がもたらされた。彼女がプレゼントしてくれた一本のマスカラ状のもの。

「睫毛の養毛剤です。ものすごく効いて、睫毛がふさふさになりますよ。これを使っていると、みんな濃くなり過ぎて怖ーい、っていってやめるんですよ」

ということで、私は夜、寝る前にそれを睫毛にべったり塗って寝ることにした。そしたらどうしよう、目のまわりに赤いぶつぶつがいっぱい出来たのである。ヘルペスかと思い、お医者さんに行ったぐらいだ。

このあいだヘアメイクしてもらっている最中に彼女に聞いたところ、筆状のもので睫毛のつけねのところを、すうっと一回なぞるだけ、ということがわかった。強力な薬なので、睫毛にべったりつけたりすると、とんでもないことになるのであった。

私は気がせくあまり、ろくに説明書も読まずに、すぐものにとびつくきらいがあるようである。

ところで思い出すのは、二年前の頭蓋骨矯正。そう、頭蓋骨のゆがみを直して、うんと痩せる、という触れ込みであった。その際、エステティシャンの女性が、

「ハヤシさん、記録に撮っておきましょう。これはどのくらい痩せたかという証拠になりますから」

と、何だかよくわからないまま、スッピンの顔と、紙パンツ一枚の後ろ姿を写真に

撮られたのである。デジタルカメラだったのですぐその場で見たが、

「ギャーッ!!」

と叫びたいほどおぞましいものが写っていた。そしてその写真事件の半月後、一緒に通っていた私の友人と、エステティシャンとが大トラブルを起こし、弁護士沙汰になってしまった。私も行きづらくなり、そのまま。

そういうことを考えると、

「腸洗浄をしましょう。一緒にまずは行きましょう」

という誘いに、二の足を踏む私である。

悩み多き結婚

昔からお節介で有名であったが、この頃ますます度を越している私。独身を見つけると、つい口出ししてしまうのだ。

昨年（二〇一〇年）の秋、なかなかイケメンのドクターと知り合ったことは既にお話ししたと思う。医者の中には、若くても勘違いしてエラそうなのが何人かいるが、彼はものすごく感じがいい。

「最近彼女と別れて、張り合いのないつまんない毎日なんです。ハヤシさん、誰か紹介してください」

とよくメールを打ってくる。撮影中にこのメールを受けとり、ふと顔を上げると鏡

の中にスレンダーな美女がいるではないか。そう、いつも私のヘアメイクをしてくれているB子ちゃんだ。彼女は三十一歳で、自分がモデルになってもいいぐらいのすんごい美人。クールな顔立ちどおり、余計なことはいっさい言わない賢いコである。さっそく彼女を写メールして、ドクターに送ったところ、

「ボクにチャンスをください！」

と大喜びである。B子ちゃんも会ってもいいということなので見合いを計画した。といっても、私は忙しくてその時間東京にいられず、二人だけで会ってもらった。ドクターはB子ちゃんと食事をし、大満足だったようである。おととい撮影で彼女に会ったら、毎日のようにメールがくるという。彼女も礼儀として返しているそうだ。

「どうなの？　気に入ってるの」

と尋ねたところ、

「とてもいい人だと思いますが、ひと目会って、心がわくわくするようなところはありません……」

あっさりとしたお返事。クリスマスも、仕事と会社の人との飲み会が入っていて、会う予定はないんだと。

「私がふつうのOLだったら、わーっと飛びついたかもしれません。だけど私、この

仕事が大好きだし、ずーっとやっていくつもりなんです。だから仕事やめてまで今すぐどうの、なんていう気はまるでないんですよ」

ま、こういうところが彼女のいいところなんですが……。

「私の友だちに話したら、独身の医者なんてめったに知り合えないよ。いいじゃん、いいじゃん、行きなよーって言うんですけど、相手が医者っていうだけで、その人を受け入れて、五十年も人生共に出来る女の人ってこの世にいるんでしょうか」

重たい質問をつきつけられて、絶句する私である。

が、いるんですよね。世の中にはゴマンと。まわりを見渡しても、鼻もちならない、すっごくイヤなエリートというのは何人もいる。そしてほぼ同じ数だけの奥さんがいる。

「よくあんな性格の悪い、ブ細工なのと暮らしていけるなー」

と私など感心してしまうのであるが、結構ちゃんとやってて子どもも生まれている。

「エリートというだけで、その男を愛せて結婚出来るのも、一種の才能かもしれない」

とつくづく思う私であるが、働いている女だと、こっちの方の才能はどんどん希薄になっていくようだ。

ところでつい最近のこと。地方に講演に行ったら、ものすごく可愛いお嬢さんと知り合いになった。タレントの優香そっくりの顔をしている。

「私、ハヤシさんのエッセイを読んでいて、テツオさんに会うのが夢なんです」

「あら、ちょうど来週、二人で忘年会をするのよ。よかったら来ない？」

と誘ったところ、わざわざ有休をとり、新幹線を乗り継いで、遠い北国からやってきてくれた。お洋服もこの日のために、地元のデパートで買ったブランドものを着ている。

テツオも嬉しそうに、

「アンタが今まで紹介してくれた中で、最高のレベルじゃん」

とささやく。

「だけどさ、年はとりたくないでしょ。テツオさん、彼女のお父さんぐらいの年齢じゃん」

「うるさい」

などというやりとりがこっそりあったものの、おいしいイタリアンを食べ、楽しく西麻布の夜は過ぎていく。

「カレシ、当然いるよね」

「はい、います」

ハキハキ答える。そうだよね、このくらい可愛ければ当然いるであろう。地元で公務員しているそうだ。

「ふーん、○○県で公務員なんて、将来が知れてるじゃん」

酔った私はズバリ言う。

「あなたぐらい可愛くて頭がよかったら、もっと上の人をめざしたらどうなの。そんなのと結婚して、ずうーっと○○県の主婦をする気なの」

そーだ、そーだ、とテツオも同調する。

「どうせだったら、東京に出てくるべきだよ。今から将来決めることないじゃん」

「そーだよ。いくら好きだからって言ってもさ、そんなふつうの男の人と結婚しなくたっていいんだよ」

あれ、これってB子ちゃんに感じたことと矛盾してないだろうか。これって女の永遠のテーマですね。愛を貫くと後悔が、金と地位を選ぶと空しさがセットでついてくる可能性は高い。結婚で男に左右されないのがいい人生ですね。私みたいに。

わがカラダの友

ヘルスメーターは生きている。

この事実に気づいたのは数年前のこと。毎日測っている私のヘルスメーターだと、こちらにまだ愛情を持ってくれている。しかし、たまにホテルに行って、備えつけのにのると愕然(がくぜん)とする。必ずといっていいぐらい一キロ近く増えているからだ。

「他人のヘルスメーターというのは、これほどそっけなく、冷たいものだろうか」

と愕然としたことがある。そこへいくと、うちのヘルスメーターはあったかい。帰るやいなや、のっかると、ちゃんと減らしてくれるのだ。

「さっ、今日から頑張って」

しかしダイエットにイヤ気がさし、一ヶ月近くほったらかしにすると、私とヘルスメーターの間には険悪な状態が生じる。

私はヘルスメーターを、洗面所の前に置いているのであるが、次第にめざわりになって仕方ない。

「なんでこんなもんがあるワケ？」

とけっとばしたくなってくる。するとむこうもこちらに対して復讐をする。次に彼女（ヘルスメーターは、当然女性名詞ですね）にのった時は、平気で三キロぐらい増やしてくるのである。

私とうちのヘルスメーターとは、もう長い仲。前の担当者ホッシーがプレゼントしてくれたもので、両手で取っ手を引っ張ると、体脂肪も測れる最新のものであった。しかし彼女も寄る年波に勝てず、このところ調子が悪い。何度やってもエラーマークがつくようになった。

私は仕方なくビックカメラへ行き、シンプルなものを買い求めてきた。シンコと呼ぼう。このシンコがすごぉくいいコなの！　先代は何をやっても体重を減らしてくれなかったが、このシンコは、「ウソー！」っと叫びたいぐらい。毎日少しずつでも減らしてくれるのだ。

調子にのってちょっと朝なんか食べてしまっても平気。それで私は夜もちょっと食べてしまうことにした。

このところ私は、男の人にご馳走になる時は、お店にワインを持ち込むことにした。そうすると相手の負担もぐっと減って、お礼がわりにもなるからだ。ここで大切なことは、前もってお店に電話し、持ち込みOKか、その場合は持ち込み料がいくら必要か聞くことだ。たいていの店がワインの持ち込み料は三千円、高いところで五千円であるが、それは封筒に入れて自分で持っていく。そしてワインと共にお店の人に渡す。これ、大切なマナーですね。

ワインのグレードは、お店の格、男の格によって決める。昨夜は私にとってトリプルAといってもよい男性だったので、うちのカーブからムートンを選び出して持っていった。

「おっ、いいワインだね。ありがとう」

その方も喜んで、カウンターで楽しくお食事していたら、共通の女友だちが登場、おとりまきをひき連れてやってきた。ものすごく酔っぱらってる。わがままで有名なお嬢さまタイプの彼女、

「私の友だちがねー、シャトー○○の当主になったのよ。だからねー。飲んであげ

て―」

と、私たちのグラスに、どばどば自分の持ってきたワインを注いでくれたのである。口惜しいけど、ムートンよりもずっと高価なワイン。女対決負けたであろうか。実は彼女も、私の連れの男性に気があったの、ミエミエだったからである。

「あ―ら、ご馳走さま。すいませんねぇ」

私は受けて立った。それまで充分飲んでたのになみなみと注がれたワインを二杯飲み干した。そしたら今朝はやや二日酔い。シンコの上にのったら、彼女がこうささやく。

「ダメよね―、いくら高いワインだって、飲めなけりゃ、残せばいいのよ。もうこんなことをしないようにね」

と、三百グラム増やすぐらいにしといてくれたのである。

ヘルスメーターとは相性がある。私はこのシンコに一生寄り添っていこうと決めた。そう、ビックカメラの売場で、ひっそりと売れ残っていたシンコ。他には高機能を備えたきらびやかなヘルスメーターがいっぱいあったけど、私は目もくれなかったわ。いろんな機能があると使いこなせない、ということもあったが、ほら、自分の体重とか体脂肪を内蔵装置に記録させる、っていうの本当にイヤ。夫はそんなことをするタイプではないが、万がいち、ということもあるではないか。そんなわけで私はシンコを選んだ。それは成功だったといっていい。

ところで私の心の友、「仲よしダイエット」の相手のA子さんは、大金持ちなので今、ヨーロッパからニューヨークへ、食べ歩きとオペラの旅に出かけている。毎日メールで送られてくるそのメニューたるやすごい。高級レストランを、これでもか、これでもかと食べ歩いている。

「もう一週間もヘルスメーターにのっていなくてコワイ」

とのこと。そう、ヨーロッパの女は、見かけ重視で、体重を測る習慣がないのだ。彼女のヘルスメーターは、帰国後の彼女をどのように迎えるのか。ほっとかれたことを恨んでひどい仕打ちをしそう。

とっておきの不景気対策

「なんとなく不幸よね……」

南青山でお茶を飲みながら、脚本家のオオイシさんが言った。

オオイシさんは誰でも知っている超売れっ子脚本家。そお、このあいだの「セカンドバージン」、日本中の女がはまっていたドラマの作者だ。ご本人も色っぽくて可愛い女性である。

このオオイシさんは売れに売れてて仕事は途切れなくきて、毎日が本当に忙しい。それなのにお金がないんだそうだ。にわかには信じられない。

「あら、本当よ。この不景気でＤＶＤボックスやノベライズが売れなくなったの。仕事量はまるっきり変わらないのに、収入はおととしの三分の一じゃないの」

「私だっておんなじよ」

と答えた。

「仕事は連載が増えて増えて、ものすごく忙しくなってるのに、肝心の本が売れないんじゃ困っちゃうわよ。印税が少なくなって、そりゃあもう悲しい事態になってるの」

「あのさ、銀行でお金引き出して残高見ると、そこはかとない不幸な気分になるわよね……」

オオイシさんはそれが特徴の、大きな目をクリッとさせた。

そこはかとない不幸……。さすが一流脚本家はうまいことを言う。

私もこのところ以前のようなお買物が出来ない。銀行の〝残〟を見ちゃうと。

「ハヤシさん、だけど昨年（二〇一〇年）の十一月、ハワイでいろいろ買いまくってたじゃないですか。あのカードの引き落とし額、すごかったですよ」

とハタケヤマは言うが、あれは最後の輝きだったかもしれないワ……。もうバーゲンに行く気も失せるぐらいの収入減である。それなのに出ていくお金は多い。

「何となく私が払わなきゃいけない会が多過ぎて……。五人、六人の食事代を月に何回も払うって本当に大変なんだから」

オオイシさんに思わずこぼした。セコいことは言いたくないし、人にご馳走するのは好きだけど、こう〝お手元不如意〟が続くと、本当につらいわ。

今日も食事会の予定があり、相手の人から、

「フグがいいな」

なんてメールが入ってくる。

だが、今の私に四人分のフグを払う力はない。そうかといって、年下の友人ばかりなので、〝ワリカン〟という雰囲気でもない。私はちょっと安めで個室をとれる和食屋を必死に探すけれど、そういうとこはどこも予約がいっぱいだ。こういうイライラが、私を食欲に駆り立てるのである。ここのところつい食べちゃって、体重は高値安定。私がスランプの時は、「仲よしダイエット」の相手もスランプ。二人でメールで嘆き合う。

そう、銀行預金の残高が少なくなり、体重が増えていくって、しみじみと身にしみる、そこはかとない不幸よね……。

人間こういう時、どうやったら明るい気分になれるんだろうか。ダイエットに励み、倹約すればいいんだが、それが出来ないからこんなにモヤモヤするんじゃないだろう

か。

甘いものも口にするしお酒も飲んじゃう。お金がない、ないと言いながら、先週はプラダで、ブーツ一足、靴二足を買い、マックスマーラのバーゲンでコートも買っちゃった。

あー、私の運命を明るく変える道はないだろうか。

が、実は手はうってあるのですね。こうなってきたら神頼みだ。今週は江原啓之さんと恒例の開運ツアー。雪深い青森のスピリチュアル・スポットに行ってくる。この旅行は当然のことながらすべてワリカン。だからあちらでちょっと贅沢をし、話題のイタリアンを食べ、温泉にも泊まってくるつもり。

そして今日は、アンアンのスーパーバイザーでもある、ファッションジャーナリストのホリキさんと打ち合わせをした。そう、三泊のNY買物ツアーに行くのである。今まで私たちは年に一度、香港に買物ツアーに行っていたのであるが、

「やっぱりNYの方がずっと楽しい！」

とホリキさんはきっぱり。

お金をかけないようにいろいろ工夫してくれている。飛行機はマイレージだし、ホテルは安いとこ。だけどミッドタウンのおしゃれなところをホリキさんが探してくれ

るそうだ。

そして私たちが行くところは、世界最大のアウトレットである。ここはアタリハズレがあるが、アタリの時は、

「シャネルもサンローランもどさどさあって宝の山」

とホリキさんは言う。こういうブランド品だけでなく、NYは最先端のファッションで溢れているそうだ。そうだと言うのは、恥ずかしながらこの私、九・一一以降、おっかなくてNYに足を踏み入れなかった。が、NYは大きく、さらにカッコよく変化しているという。

ね、ね、落ち込んだ時は楽しい予定を入れる。そしてそのことについて考える。ヘルスメーターの数字とATMの〝残〟はあんまり見ないようにする。が、この体型じゃ、服が何にも合わないぞい。

フランス万歳！

この勲章の略章さ
つけてるだけで、
あちらじゃ、
扱いが違うと。

毎日本当に寒いですねー。

日に日に体が乾燥していくのがわかる。お風呂上がりに必ずボディクリームを塗っているのであるが、なにしろ表面積が大きい私。すごく時間がかかるし、クリームだって大量に必要。しかしついさぼると、ガサガサになっていく速度もすごい。カカトなんか三日塗らないと、それこそ七日過ぎのお供え餅みたいになってくる。あー、みっともない。カカトにヒビをつくったら女としてお終いだワ……。

ところでクローゼットを開けるたびに目に飛び込んでくるものがある。これを見るたびに腹が立って仕方ない。

二〇一〇年における、わが買物の最大の失敗例がそこにぶらさがっているからである。

シャネルのジャケットである。ものすごく高かった。それなのにものすごく大きく見える。うちのハタケヤマに言わせると、

「太って見えるんじゃありません。ものすごく大きく見えるんです」

確かにそのとおりで、タテヨコ猛々しいくらい大きく見えるのである。

別にシャネルが悪いんじゃない。デブになって44なんてサイズを買う私が悪い。私は過去に何度かシャネルのジャケットを買っているが、どれも可愛くほっそり見えたものだ。

そのジャケットは、昨年の十一月に出かけたハワイで買ったものだ。他のジャケットも試したのだが、ぶ厚いツイードのジャケットはもっともっと私を大きく見せた。が、日本語がわかる店員さんと、一緒に行った女性とが、

「すごく似合う、すごく素敵」

と誉め讃え、気の弱い私は次第に追いつめられていく。そしてやっとたどりついたのが、この黒のジャケットだったのだ。黒いツイードでVネックになり、襟には金モールがついている。これも似合うとは思ってなかったが、何とか妥協して店を出た。

釈然としないまま……。

人は思うであろう。

「どうしてそこまでしてシャネルを買わなきゃいけないの」

問題はそこ！　実はこのわたくし、長年の日仏友好に尽くしたということで、フランス政府から、レジオン・ドヌールという勲章をいただいたのである。叙勲式は、フランス大使公邸で一月に行われることとなった。「平服で」と書いてあるが、フランス政府からのいただきものとあったら、やはりフランス製の洋服を着なくてはならないであろう。そこでシャネルを思いたったのであるが、ご存知のとおりここのお洋服は高い。昔のものを着ていこうと思っていたのであるが、勲章をいただくという晴れがましさと、ハワイのあの高揚する空気とが、私をシャネルブティックへと駆りたてたのだ。その結果がこれだ……。涙も出ない。口惜しい、このシャネルジャケット。インターネットオークションで売ったろか。しかし44サイズのものなんて買う人も限られるであろう。

そして叙勲式当日。私は七年前のシャネルジャケットを取り出した。これは黒と白のリボン編みですごく可愛い。それに少しも太って見えないのである。サイズは40だけど、どうということなく着られる。シャネルももう少し生地について考えてほしいワ。デブのためにさ。

さて公邸で行われた授与式には、たくさんの友人が駆けつけてくれた。超忙しいはずの三枝成彰さんに秋元康さん……。二次会の司会は中井美穂ちゃんがやってくれる豪華さ。

二次会といっても、大勢でがやがや立食はイヤだったので、ホリキさんに相談したら、大使館近くの「オー・ギャマン・ド・トキオ」にかけ合ってくれた。ここはものすごい人気店なので、今まで「貸し切り」はしていなかったのであるが、そういうことならと、快く引き受けてくださったとのこと。ありがとうございました。

二十人の予定だったが、式からほとんどの人がこの二次会に来てくれて、三十人近くになってしまい、お店は急きょ椅子を用意してくれた。お料理もちゃんとフルコースで出た。ここの名物、トリュフのオムレツも、シャンパン、ワインもじゃんじゃん出てくる。カウンターのお店なので、みんながお互いの顔を見られてすごくいい感じ。

最後にスピーチしてくれたぴあの社長、矢内さんがこんなことを言った。

「マリコさんがフランスから勲章もらうっていうんで、来る道々、みんなであれだけシャネルやエルメス買ってるから、その功績だと思ったら違うんだね」

あたり前です。大使もおっしゃってました。作家としての活動によりですよ。

ところで次の日、あの黒のジャケットを取り出してしげしげながめた。袖のカフス（ミリタリー調のやつ）がとりはずし出来るのでとってみた。スカートでなくデニムと組み合わせたらなんだかいけそう。勲章ももらったことだし、大事にしちゃうか。

最終兵器、投入！

デブのまま年を越し、そしてデブのまま春が来ようとしている……。

私だってもちろん努力している。が、努力だけでうまくいかないのがダイエットの悲しいところだ。

昔からありとあらゆるダイエットを試してきた私に、人々は呆れたり、冷たい言葉を発したものだ。

「いい加減で諦めればいいのに……」

「いつもリバウンドを繰り返してバッカみたい」

が、諦められないゆえのこの苦しさ。まだ私はモテたい、キレイになりたいという願望から逃れられない。それゆえのこの苦しみだわ……。

しかしこのあいだも話したとおり、親しい友人がこっそり耳うちしてくれた。

「マリコさん、内緒にしてほしいんだけど、私、腸洗浄をやってるのよ」

「チョウセンジョウ……？」

「そう、ちょっと食べ過ぎたな、飲み過ぎたなぁと思ったら、家に帰ってから腸を洗浄するの。だから四十三キロより上にいったことはないのよ」

四十三キロ……まるで夢のような数字である。私は彼女にそこに連れていってくれと手を合わせてお願いした。

「もうこれが最後のダイエットかもしれない。何をやってもダメだった私に残されたものだわ」

やさしい彼女は、自分も仕事を持っていてすごく忙しいのに、とある場所に連れていってくれた。そこは腸洗浄をするにあたり、体のコンディションを診たり、指導をしてくれるところだそうで、二時間はたっぷりかかるという。

「まさか、指導って、いきなりお尻の穴に何かをつっ込んだりしないよね!?」

「まさか、そんなことしないわよ。いろいろマッサージをしてくれるの」

とある駅のものすごく古いビルの中に入ると、とある薬局の看板がかかっていた。ここで後ろ開きの治療服に着替え、ベッドの上へ。長い髭を生やした仙人のような老先生もいたが、マッサージをしてくれるのは若い弟子たちだ。

うつぶせになっていると、背中を強く押してくれる。とても気持ちいい。

「ものすごく体が疲れていますね、ストレスでしょうか」

はい、そうです。それにしても若い男性にブラのホックをはずしてもらうなんて、何年ぶりであろうか……とヘンな感慨にふける私である。

そして帰りしなに看護師さんから丁寧な説明を受ける。早い話がクダの先っちょを、お尻の穴に入れコーヒーを入れる。そして人為的に下痢を起こして、中身を綺麗に出すっていうことですね。

クダとコーヒーを入れるビーカーみたいなもの一式を買った。そう高くないけどかさばる。これを紙袋に入れて歩く私の足取りは重い。そりゃあ、そうでしょ、お尻の穴に入れるものをむき出しで持っているのだ。このあと飲み会があるのにどうしよう……。

が、ロッカーに入れるヒマもなく、私はそれをレストランに持ち込んだ。そしてダイエット仲間のサエグサさんについ打ち明けたところ、

「僕もそれ、前にやってたんだ！」

という返事。

「だけどそのコーヒー、四十度にしなきゃいけないんだよ。四十度にしてお尻に入れるから、お風呂の中でやるわけ。それを毎日風呂の中でやってみ。ものすごくめげるから」

「そーですよねー」

私も器具のあまりの威圧感といおうか猛々しさに、すっかりその気がなくなってしまった。

そうしたら、

「じゃ、私にちょうだい」

と、ほっそりとした美女が言った。なんでも前からこの腸洗浄をやってみたかったんだそうだ。それで私はそのまま紙袋を彼女に渡し家路に着いた。

が、今日半日使った時間とお金はいったい何だったんだろうか……。

そして四日後、電車に乗ってある町に向かう私。

ダイエットと共に、占いも私の生活には欠かせないものになっている。私の友人で、ある有名人の女性は、この占いで昨年の運勢をすべてあてられたそうである。さっそく紹介してもらったところ、ものすごい売れっ子でやっと予約をとってもらったのだ。四十五分で四万二千円という料金は、かなり高めであるが、彼女いわく、

「ものすごくあたる。絶対に行った方がいい」

ということだ。

そしていろんなことを聞いてきた。あたっているようなあたっていないような。ただ私が座るやいなや言われた、

「あなた、昨年はものすごくツイていなかったでしょう」

という言葉は正解であった。そう、期待して出した本はあまり売れず、収入がガクッと減り、反比例して体重が十キロ近く増えた。何かパッとしない一年だったが、今年は次第に運気が上がってくんだと。ダイエットもうまくいくと断言してくれた。

あの腸洗浄の器具、取り返そうか。それとももう一度買うべきか、帰り道、私の心は千々に乱れたのである。

青森よいとこ

このエッセイを読んでいる人はご存知だと思うが、江原啓之さんともう十年以上前から、「新春開運ツアー」に出かけている。

江原さんが、

「今年はここ」

という神社を訪れ、その年の幸せを祈るものだ。

お伊勢さんにも行ったし、戸隠（とがくし）神社にも行った。そして今年（二〇一一年）江原さんが、

「ここに行かなきゃ」

と示してくれたのは、青森県の岩木山神社である。メンバーは、いつものホリキさんであるが、今年はアンアン編集部の、私の担当グンジさんも同行することになった。なんでも、

「幸せを祈るため、自前で行くから連れていって」

とホリキさんに頼んだそうだ。若くてキレイな女性が加わり、一行はとても華やかになった。さて青森といえば、私の妹分フジフミが住んでいるところ。車で案内を頼んだところ、雪道はお兄ちゃんのバンでなくては無理ということで、兄妹にめんどうをみてもらうことになった。

さて出発が近づくにつれて、フジフミからやたら電話がかかってくる。

「今年の青森は、異常に雪が降って寒いです。ちゃんとそういう格好をしてきてくださいね」

私はマックスマーラのバーゲンで、長いダウンのコートを買い、スキー用品の店で長靴を買った。そしてセーターは、毛玉があるけど大昔のエルメスのすっごく厚いやつ。これで充分かと思い、秋田出身の秘書、ハタケヤマに見てもらったところ、

「ハヤシさん、それじゃ岩木山の神社へは行けませんよ」

と注意された。

「靴はもっと雪に強いやつを。それからスカートじゃなくパンツにして、下にタイツはいてください。もうおしゃれなんか考えないで、雪山に行くつもりで準備してくださいよ」

靴箱の奥を探したら、スキーに行った時のブーツがあった。しかしそれは黒くてゴツく、おじさんが工事現場ではくようなやつだ。

「これでいいですよ。こういうのが雪道にはいちばん」

「だけど、あの人たちって、きっとおしゃれしてくるよ……」

私は言った。あの人たち、というのはホリキさんとグンジさんのことだ。ファッション誌をつくる彼女たちは、いかなる時でも絶対におしゃれに手を抜かない。たとえ雪山で遭難しても、きっと素敵なファッションに身をつつんでいるはずだ。

はたして東京駅で待ち合わせをしたら、ホリキさんはミニのデニムにタイツ、グンジさんはパンツにレースのワンピといういでたちではないか。二人ともすごく可愛いブーツをはいてコート。東京で会う時とまるで変わらない。岩木山どころか、八甲田山へ登るぐらいの格好をしてる私って、いったい何なんだろう……。

とにかく新青森までの新幹線「はやて」に乗り込む。私はつい、おにぎりにいなり寿司、かりんとうといったものを買い込んでしまったのであるが、二人も同じものを

買ってきてくれていた。ダイエット中ではあるが食料を目の前に、早くも、

「食べるぞー」

という意気込みである。今日は夜、弘前のものすごくおいしいお鮨屋さんを予約しているのだ。

さて新青森までは三時間二十分の旅。本をいっぱい持っていったのだが、いなり寿司を食べ、ホリキさんとお喋りしていたら、あっという間に着いてしまった。

新青森駅で江原さん、フジフミ兄妹と会い、一行はまずイタリアンレストランへ向かった。昼食はここを予約してくれていたのだ。シチリアの白ワインと一緒にコースを食べたら、すごくおいしいではないか。特にウニを使ったパスタは絶品である。冷たいたっぷりのウニと、熱々のパスタがすごく合うのだ。

が、ゆっくりする間もなく、ここから二時間かけて弘前へと向かう。話には聞いていたけどすごい雪だ。埋まりそうな雪の中、車は岩木山神社へ。

ここがまたすごく雪が積もっている。参道は雪かきをしてあるが、一歩道をはずすと、そのまま雪の中にずぶずぶ入っていきそうだ。しかし実に美しく簡素な神社である。皆から頼まれていたお守りをどっちゃり買ったが、化粧っけのまるでない巫女さんの素肌まで透きとおるように綺麗。

ここでおまいりをして、江原さんが、

「すごいパワースポットです」

というお境内のわき水を飲む。二百年前の岩木山の水が流れてくるのだそうだ。

今年（二〇一一年）はきっといいことがあるに違いない。

ところで、ねぶたを見に行ったり、青森には何度も訪れている私であるが、今回再発見があった。それは青森というところは、ものすごいイケメン率ということだ。フジフミのお兄ちゃんもハンサムであるが、次の日市場へ行ったら、俳優にしたいような店主がゴロゴロ。こちらの人は、鼻が高くてハーフっぽい顔をしている人が多いのだ。もし見たかったら私のブログで探してください。

京都の危険な夜

冬の京都は本当にいい。

人が少ないので、どこへ行っても親切にされるのだ。人気のお店も、たいてい予約OK。

仲よしの池坊美佳ちゃんと京都でご飯を食べることになった。美佳ちゃんは、言わずとしれた華道の名門池坊のお嬢さまで、女優さんにもちょっといない美貌の持ち主である。縁があって一緒に遊ぶことが多い。

「マリコさん、京都のイケメン集めときますよ」

ということで、京都のはずれのステーキハウスに集合ということになった。美佳ち

ゃんが指定したところなので高級なところだと思っていたら、そこはラーメン屋さんの中の、ステーキハウスというよりも焼き肉屋さん。カウンターだけで、ご主人が炭火でいろいろ焼いてくれるのだ。

ここは一応年上の私がご馳走しなくてはと、

「カード使えますか」

と尋ねたところ、うちはちょっと、という返事。仕方なく私は走りました。コンビニめざして。しかし京都郊外のこのあたりに、なかなかコンビニはない。やっと見つけてお金をおろした時の嬉しさ。これで京都のセレブの前で恥をかかないですむワ。

そしてハアハア息せききって店に着いたら、もうイケメン三人がいらしていた。まずはシャンパンで乾杯。

私の隣りには、貴公子然としたお公家顔のイケメンが。この方は笹岡さんといって、未生流という生け花のおうちの次期家元だと。京都大学の建築科を大学院まで出ていらっしゃるという。知的で気品にあふれる、京都にしかいないタイプの方。今、マスコミで売り出し中というのも頷ける。

もうひとりは狂言の名門、茂山流のお坊ちゃま。こちらもお雛(ひな)のような京都らしいイケメン。

笹岡さんも茂山さんも、みんな美佳ちゃんと小学校が同じなのだ。小学校というのはノートルダム学院小学校。京都のええしのお子が通うところだ。

このあと佐々木酒造へ遊びに行くことになっているが、ここの代表取締役の佐々木アキラさんも、美佳ちゃんの小学校の同級生だという。

そしてカウンターに座るもう一人は、某高級料亭の板長トクオカさん。この方はテキーラをこよなく愛することで有名だ。

それにしてもここの料理はなんておいしいの。牛のいろいろな部分を使って、小さなお皿が出てくるのだ。お酒もどんどんすすむ。

さんざん飲んで酔っぱらった私たちは、近くの佐々木酒造にお邪魔した。アキラさんは、

「生肉が好きじゃない」

ということでおうちで待っていてくださったのだ。

佐々木酒造は、もはや市内では珍しくなったつくり酒屋さんだ。街中にこんな大きな工場を構えているのはもはやここぐらいらしい。この「聚楽第（じゅらくだい）」は特に大人気で、京都人の贈答品として有名である。そしてここは、あの佐々木蔵之介さんのご実家なのだ。蔵之介さんとは一度対談でおめにかかったことがあるが、知性と品にあふれて

いる方であった。ここのご実家を見て納得、京都のお坊ちゃまだったのだ。

知っている人もいるかもしれないが、私は昔、京都の男に失恋したというトラウマがある。立ち直るのに五年かかったというつらい体験ゆえに、今でも京都の男に非常に弱い。京女に弱いという男は多いが、ここまで京男に弱いのは珍しいかも。

そして驚くべきことに、蔵之介さんの弟さんも、お兄さんに負けないぐらいのハンサムなのだ。

美佳ちゃんに言わせると、

「私、アキラさんの方がずっとええと思うワ。目もパッチリしてはるし」

だと。

それはともかく、酔っぱらいにもかかわらず、ここで私たち一行はとても歓迎された。工場を見学させていただいたうえ、二階の座敷でここのお酒をご馳走になった。コクがあるのに飲み口がすっきりしていていくらでも飲める。

しかし私たちはアキラさんも交えてタクシーに乗り、花見小路のバーへと向かった。さっそくテキーラ祭りが始まる。それまではビールや焼酎といった各々好きなお酒を飲んでいるのだが、トクオカさんの「集合！」という声がかかると、お店の人もショットグラスにテキーラを注ぎ、神妙な顔つきになる。そして歌い出すのだ。

「チャチャララチャラーラ、チャンチャャララーラ」（マンボの歌ですね）そして「テキーラ！」と叫んでいっきに飲み干す。これを五回、六回と続けていくといやでもハイテンションになっていく。気づくと化粧も落とさず、ホテルのベッドで朝を迎えた私が。今日京都第二夜は大丈夫だろうか。

49人目、マリコです☆

今いるここは銀座マガジンハウス八階の会議室。とても広い部屋。

ここで何をしてると思います？　そお、AKB48のDVDをかけながら、鏡の前で振りつけの稽古をしているのです。

このトシになって、AKBの真似するとは思わなかった。しかもどこかの余興でやるというのではない。本物のAKBに混じって本当に踊るワケ！

それはもうかなり前のことになる。このエッセイでも何回か書いているが、私はエンジン01という文化人の団体に入っている。これは各分野の一流の人たちが入っていてとても楽しい。このあいだは高知県のオープンカレッジで、「龍馬」のミュージカルを上演し大好評であった。もちろんまじめなシンポジウムを四十コマぐらいやるが、最後は大人の学芸会で締めるのがいつものやり方だ。

このエンジン01全体の企画委員長をやっているのが、秋元康さんである。あの超忙しい秋元さんが、いつも台本を考え、時によっては作詞も作曲もしてくれる。しかもタダで。

今回はテーマが音楽祭ということで、みんなで歌を歌おうということになった。しかしおじさんおばさんのカラオケ大会になっては、お客さんも喜ばないだろう。

「サプライズでAKBを出そう」

と秋元さんが言ったのだ。そして、

「この時、選挙なしでもマリコさんをセンターにしてあげるよ」

と言ってくれたのであるが、何のことかわからなかった。だいいち人気絶頂のAKBが、いくら秋元先生の願いだといっても、新潟長岡に来るはずはないに違いないとみんな思っていた。

しかし有言実行の秋元さんは、研究生をちゃんと出演してくれるようにとりはからってくれたのである。研究生といえども、AKBのメンバーにはもうちゃんと何人もファンがついている。そのコたちが来るんだからすごいではないか。

そして秋元さんから台本が来たのが三日前。それによると私はトリをつとめ、まずは着物で「天城越え」を歌い、それからデニムに着替えて「トイレの神様」をメドレーで歌う。そして「会いたかった」をツーフレーズぐらい歌うと、AKBのメンバーが後ろから出てくるという演出らしい。私で最後笑いをとろうということか。が、私はここで大天才秋元の裏をかいてやろうではないか。うんとうまく踊って歌い、AKBのメンバーに混じっても何の違和感もないようにしてやる。

が、もう時間はない。あさっては音楽祭の本番なのである。

エンジン事務局からは、

「各自カラオケで練習してください。それからハヤシさんはちゃんと振りつけ憶えてくださいね」

とDVDが送られてきた。もうこうなったら猛練習しかない。もう〆切りなんかすっとばして、うちの居間で稽古しますよ。

しかしここに大きな問題が二つ。とみにこの頃太った私の体がまるで動かないこと、そしてもうひとつは、KARAの大ファンである娘が、AKBを敵視していることである。うちのテレビでAKBを見ていたらえらいことになる。

よって私はバッグの中にDVDを持ち歩き、今日銀座に出たついでにマガジンハウスにお邪魔した。そしてDVDプレーヤーをお借りし、ヒトの会社の会議室で踊っているワケだ。飛びはねる振りもあるので、下の階のブルータス編集部にはさぞかし迷惑をかけていることであろう。

すいませんねぇ。

しかしそれにしても、AKBの踊りのうまいこと、可愛らしいこと。Kポップに比べると、シロウトっぽい印象を受ける彼女たちであるが、この踊りの振りはすごく複雑でむずかしい。四パターンぐらいに分かれフォーメーションをしているのである。うんと自然っぽくラクに踊っているようにみせて……しかも女の子の可愛らしさをひき立てる振りつけである。途中ファンサービスで、メンバーが一ヶ所に固まり手をひらひら振るシーンも用意されている。

私もこれをやるの!?

が、根がまじめな私は、こうしてずっと鏡を前に、DVDを横目に踊っているのである。

途中、アンアン編集部の私の担当、グンジさんが来て一緒に踊ってくれた。

「これ、むずかしいですね……」

若い彼女でさえため息をつく。

「ねぇ、グンジさん、同じことやってるつもりなんだけど、形がまるっきり違うんだけど……」

「ハヤシさん、ステップはそんなんじゃなくて、もうちょっと内側に踏んでください」

そうしてるつもりなんですが……。脚の長さがまるで違うから、そうしているように見えないんですね。

ところで私にもＡＫＢと同じ衣裳をつくってくれるみたい。サイズを聞かれ、

「そんなもん知らんわ」

と怒鳴っていた自分がつくづく情けない。とにかく当日は、ＡＫＢとマツコ・デラックスの共演にならないようにしたいものだ。と、どすんどすん踊る私。コーヒーまで淹れてもらってすいませんねェ。

決死の美人術

それがねー、
こわいぐらいの
マツもなんですー

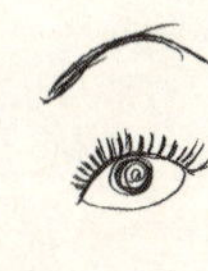

前回のことで訂正をちょっと。

ＡＫＢの研究生と言ったが、ちゃんとしたメンバーの方々がいらっしゃいました。しかも八人も。秋元康さんってやっぱりスゴイ。そして秋元さんが手配してくれて、わずか三日で私の衣裳が出来ていた。ＡＫＢさんとお揃いのチェックの衣裳。これを着て一緒に歌い、踊りました。すごい経験をしたのである。

後でみんなと一緒に記念写真を撮ったのであるが、これを見た人がみんなプッと吹き出す。

そりゃ、そうだ。可愛い女の子たちに混じって、同じ服着た異形のものがいる、という感じ。

デブってこんなにつらいものだろうか。

ついこのあいだのこと、バーゲンで三枚セットのタイツを買った。いつもはL〜LLサイズをコンビニで探すのであるが、ま、安さにひかれて手を伸ばしたわけだ。旅行先の替えに持っていったら、何ということであろうか、ちゃんと上までいかないのだ。お尻の途中でひっかかったままだ。構わずに歩こうとするとよたよたとして前に進まない。情けなくて涙が出そう。

デブってこんなにつらいことだろうか……。

ところで話は突然変わるようであるが、最近私に会った女性は、必ずといっていいぐらいこう言う。

「あー、ついにエクステしたんだ」

そう、睫毛のエクステのことである。

私はかねがね、中年の女の睫毛エクステには反対であった。若い女の子たちがエクステしたり、つけ睫毛をバッチリつけるのは、お人形さんみたいですごく可愛い。この頃、ふつうのコでもあゆみたいなメイクをしているが、若いとどんな厚化粧をしてもそれなりにサマになる。

しかし中年の女性の瞼は垂れ下がっているから、つけ睫毛やエクステを支えきれてない。私の友人がエクステをして現れると、私はすぐにその場で言った。

「ヘン、すごくヘン。絶対にやめた方がいいよ」

その私がエクステしてるじゃん、とみんな言うのであるが、実はこれ、自毛なんです。正真正銘私の睫毛である。

昔、研ナオコの「愚図」という歌に、こんなフレーズがあった。

「あの娘はまつ毛が自慢の娘で　瞬きしながら人を見るのさ〜」

こういう子が、恋人をとっていくのだ、という歌詞で、睫毛がいかに重要なアイテムかということを示している。

実はこの私も、長く濃い睫毛が自慢のコであったのであるが、ここのところかなり薄くなってきたような気がする。

そうしたら、ヘアメイクのコが、一本のマスカラ状のものをプレゼントしてくれた。睫毛の養毛剤だという。アホな私はそれをマスカラのように使っていたところ、目のまわりが赤くただれてきた。ヘルペスだと思ってお医者さんのところへ行ったところ、

「何かにかぶれていますね」

とのこと。思いあたったのがあの養毛剤ではないか。ヘアメイクのコにちょっぴり

文句を言ったところ、

「やだー、ハヤシさん、あれは睫毛の際にさっとひと塗りすればいいんですよ。使った人はみんなフサフサ生えてきて、コワイ、って言ってるぐらいですよ」

それならばと睫毛の際に、細い筆で塗ったところ、エクステに間違えられるぐらいの量になったわけだ。長さもすごく伸びて、ビューラーで持ち上げると、ピーンと弓なりになる。われながらすごーいと思う。友だちも欲しがるので、何個か買いたいと言ったところ、もう売り切れで一個もないということである。だから私は残ったものを毎日大切に使った。しかし大変な出来ごとが。今度は目が真赤に充血してしまったのだ。考えてみると、皮膚につくと真赤になる薬、かなりきついものに違いない。

やめるか、続けるか。私は今、決断を迫られているが、つくづく思う。キレイになるって、危険と隣り合わせになることが多い。ダイエットにしてもそうだった。おとし、あれよ、あれよという間に十数キロ痩せた私であるが、あの時通っていたクリニックは、かなり強い食欲抑制剤を使い、死人が出て週刊誌沙汰にもなったぐらいだ。

つい最近聞いた話であるが、美容整形もおっかないことがいっぱい起こっているそうだ。海外で作った安いボトックスやヒアルロン酸を注入したりすると吸収しないこともある。二重瞼の手術も、寝る時にうまく閉じなくなるケースが多いんだと。

しかしまだあのクリニックに通っている、私のダイエット仲間のサエグサさんは言う。

「どんな病院だって死人は出る。痩せるためにはどんな危険だってやる。毒だって飲むぞー」

私はここまでいかないけど、まぁ、キレイになるということは、多少綱渡りをしなくてはいけないだろうなァと思っているところがある。そりゃそうです、肉体を変えていくんだもん、日々実践。そして進んだり後戻りしたり。これが女の日常であろう。

うらめしや〜

痩せない。

何をしても痩せない。

朝だって果物にヨーグルトをかけたのを食べるだけ。昼も夜もお酒はちょびっと飲むけど炭水化物はまるっきり食べていないのにどうしてだろう。体重は高値安定でガンとして動かない。

「ご飯でも食べない」

という男の人からのメールにはこう答える。

「今、すっごく忙しいうえに、すっごいデブになってるので会えません」

加圧トレーニングにでも行きたいところであるが、その時間も全くとれず、やっているることといえば朝の犬の散歩くらい。私の住んでいる町は、とても坂の多いところだ。特にうちにくる坂は傾斜がきつく、歩いて十分くらいであるが、駅からタクシーでくる人もいる。

私はマサイシューズを履き、愛犬を連れて坂を登る。この時、顔の筋肉を鍛えることを忘れない。

「アイエウ、エオアオ」

「アアア、イイイ、エエエ」

と大きく口を開け、声を出さず、顔を動かしていくのである。

人のいない道を選んでいるつもりであるが、どうやら人に見られているらしい。友人に言われた。

「私の友だちが、よく朝、あなたを見かけるらしいけど、おっかない顔をしてるって言ってたよー」

恥ずかしい。しかも私は近所を歩いている時、すごくババっちい格好をしているのである。もちろん化粧だってしていない。

ある時、駅前を歩いていたら、仕事で会うようなオフィシャルな人にばったり出くわした。

「まぁ、こんなところで会うなんて！」

私は親しみを込めて言ったら、向こうは何て言ったと思います？

「私も、こんな汚ない格好をして恥ずかしいワ」

だって。〝私も〟ってどういう意味なんだ。

しかしスッピンでデニムに毛玉セーターを見られても、まあどうということはない。ある日、怖ろしいことが起こったのである。

それは三日前のことだ。雑誌の対談で着物を着たと思っていただきたい。こういう場合、スタジオ、あるいは対談場所に着付け師さんを呼んでくれているのであるが、私は自分で着ていくと言った。いや、いつもの着付けの人を家に呼ぶと言った。着物やさまざまな小物を、現地に持っていくのがめんどうくさかったからだ。

前の日は念入りにシャンプーする。ドライヤーで乾かさなくてはいけないのであるが、すごく疲れていた私は、そのまま寝た。

「明日はプロが綺麗にしてくれるし」

と思うと、ついモノグサになってしまう私。

ご存知だと思うが、洗いっぱなしで寝ると次の日は悲劇ですね。髪が多い私は、ざんばら髪なんてもんじゃない。お化け屋敷の出演者のようになってしまう。

「ま、いいか。このまま行くんだし」

朝の八時半に、着付けの人がやってきてくれ、それはそれは美しい桜の訪問着を着た。この頃から雨が降ってきた。

このまま私はサロンへ行き、そこに編集者の人が迎えに来てくれるという段取りだ。しかし雨のため、東京無線の受付はずっとお話し中。仕方なく私は、傘をさして駅まで向かった。駅に行けばタクシーが二、三台止まっているからだ。

人に見られないようにして歩く。洋服だとスッピンでもどうということはないが（あるか）着物だとすごくヘン。しかもバサバサの洗い髪だとかなり目立つ。

駅ではもう二人の人がタクシーを待っていた。私を見てギョッとしたようだ。かなり異様な姿なのに違いなかった。

タクシーはなかなか来ない。私はもう泣きたくなる。雨はザーザー降ってくるし、駅に行く人はみな私に目をやり、なんじゃ、これ、という顔をしていく。早くタクシーに乗りたい。しかし車はなかなかやってこない。前に立っていた人に、私は行儀よく車を譲ったが、本当は横取りしたい気分。そうしてもいい状況であった。

なんと私は雨の中、二十分も傘を持って立っていたのだ。

もう町中の笑い者であろう。

ところで私の家の近くに、某有名な女優さんが住んでいる。噂の恋人と一緒のところを見かけるがご本人は平気らしい。堂々としていてとてもカッコよい。

時々バッタリ出くわすと、

「ハヤシさん、こんにちは」

と挨拶してくださる。一回会ったことがあるからだ。この時お約束のお帽子をかぶっていたことに私は感動した。

そお、「女優帽」といって通販でも売っているやつだ。あれを買っちゃおうかな。女優帽をかぶって犬のお散歩をしちゃおうかしらん。

しかし気づく。デブになるって頭も太ることである。帽子がまるっきり入らない今日この頃、あー、痩せたい。心からそう思う。

あぁ、敗北感

デブになって、何がイヤかというと、女の人と会う時ですね。

男の人というのは、少なくとも私のまわりのおじさんたちは、ややコンサバな服を好むので、ジャケットやワンピに、ヒールはいてるだけでも充分大喜び。別に大喜びはしなくても、ま、そこそこオシャレと思ってくれる。

が、おしゃれな女の人とご飯を食べたりすると、その後は反省やチェックが多過ぎて、自己嫌悪に陥ってしまう。

「私って、なんて場違いな服着てたんだろ」

「アクセ遣いがなってないじゃん」

「いつまでももっさり、冬物着てて恥ずかしい……」

今朝は久しぶりに(君島)十和子さんとご飯を食べた。お互いに忙しいので、ランチか、ブランチということになる。今日は六本木ヒルズのグランドハイアットホテル、フレンチキッチンの個室でブレックファストをいただいた。

「春は名のみの風の寒さよ〜」

という日で、私はババシャツをしっかり着こんでましたよ。

それなのに十和子さんたら、半袖のワンピース。ハイブランドとひと目でわかるすっごく素敵なやつ。

「ディオールでしょ」

って私が聞いたら、そうだって。そーよ、私は知識はあるのよ、知識は。ただそれに見合う外見を持っていないだけなのよ。

朝だというのに髪もお化粧も完璧で、相変わらず信じられないぐらい美しい十和子さん。エレガントな喋り方やしぐさも本当にステキ。

そしてフレンチスリーブからのぞく十和子さんの二の腕はすんなりと長く、全くぜい肉というものがついてない!

「私さ、このあいだAKBのコと、同じ衣裳で踊ったんだけど、やっぱりこんなフレンチスリーブだったの。〃ふりそで〃なんてもんじゃなくて、もー、ウチワでパッタンパッタンあおいでるようなもんよ。もー、悲しかったわよー」

なんて笑いをとる私が悲しい。

そりゃ十和子さんと同じ土俵に立つ方がおかしい、と思う人は多いであろう。しかしさっそく、十和子さんからエクササイズの先生を聞き出す私である。

そしてその二日前のことだ。仲よしの中井美穂ちゃんの誕生日パーティが開かれた。

「サプライズでやりますので、よろしく」

という幹事のメールの最後に、

「みんな、めちゃおしゃれしてきてね」

という一文があった。

デブにこういうのってつらいわ。おしゃれしようにも、去年の春もんが入らなくなってるんだもの。それに私は寒がりなのでニットを着ていった。一応スイスで買ったセリーヌだが、それが何なの、という感じ。こういう単品で勝負する時というのは、着ている本人のセンスや体型がモロ出ますね。

そしてその格好で目的のお店に行った。タクシーの運転手さんがナビをさして、

「ここだよ」

と言ったのは、白金の住宅地。何にも店なんかないじゃんと迷っていたら、お店の人が迎えに来てくれた。

会場に着いてびっくり。人気者の美穂ちゃんのことだから、大勢のビュッフェ式パーティだと思っていたら、テーブルセッティングは七名分なの。

「今日は小人数で、美穂ちゃんが喜びそうな人たちに集まってもらったの」

と幹事の人が言う。

この人自分でファッション関係の会社をやっているので、当然のことながらキマってる。レザーのジャケットに流行のジョッパーズパンツ、それにコットンパールをじゃらじゃら。

そしてもう一人の幹事が、ケーキと花束を持って到着。この方は某有名プロ野球選手の奥さんで元スッチー。お子ちゃまが何人かいるのに素晴らしいプロポーションの持ち主で、パンツをはくと、股上が信じられないぐらい上にある。その日はダメージデニムにブーツを組み合わせているのだが何ともカッコいい。

そうしている間に、もう二人の美女がやっていらした。美穂ちゃんの仲よしで、元宝塚のトップさんたちだ。もー、何だか魂が抜けそうな美貌の持ち主。男役さんだったから、当然長身で脚が長い。この方たちもみんなパンツであった。

「おしゃれでスタイルに自信がある人ってパンツなのねぇ……」

つくづく感慨にふける私。私なんかこの頃パンツ全滅。唯一生き残ったのは、今ただのデニムになった、かつてはBFデニムというやつ。

そして主役の美穂ちゃんもパンツで最後にやってきた。

女子会という言葉はあまり好きじゃないけど、その夜はまさに女子会。美とパワーに溢れた女たちが集ったので、ひとり場違いな私は早めに帰りましたとさ。

地震で考える

皆さん、地震だいじょうぶでしたか。
怖い思いやつらい経験をした人はいっぱいいるはず。亡くなった方々の名簿に、若い女性を見つけるたび、もしかしてアンアンの読者だったのではと胸がしめつけられました。
私はニューヨークに行く予定もキャンセルして家にいて、朝から晩までずうっとテレビを見ていたらすっかり気が滅入ってしまった。明るいことを考えようとしてもとても出来ない。
被災地の方々に何も出来ない私の無力さ、そして原発に対する怯(おび)え。襲ってくる余震。本当に暗くなってしまいますよね。

しかしある日、スーパーでお米とお水を買い占めている人たちを見て思った。

今の食料難を炭水化物抜きダイエットの機会と思えないだろうか。

別に走りまわって買い占めることはない。お米を食べなくても、他に口にするものはいっぱいあるじゃない。そうよ、そうよ。被災者の人たちに比べれば、ちょっとお腹が空くぐらいどうっていうこともないはずよ。

というわけで、炭水化物と甘いものを抜き、体重も徐々に減っている私である。

ところで私の家の近くには、ユニクロの柳井社長の大豪邸がある。どのくらい豪邸かというと、道の角からワンブロックがおうちなのだ。

うちにやってくる人たちは、必ずといっていいくらい、

「ユニクロの柳井さんちを見たい」

というので案内すると、

「どこ、どこにあるの」

と聞く。

「どこって、そっからあそこまでずーっとそうだよ」

と教えると、

「えー、ここって学校でしょ。ふつうのうちがこんなに大きいなんて！」

と驚くのである。

私はまぁたまにユニクロのヒートテックとかレギンスを買うが、好意的かというとそうでもなかった。特に中年の女性が、得意そうにユニクロを着ている姿には、フンとしたものである。

「若いコの真似して、ユニクロ着ることはないじゃん。肌の艶を失くしたおばさんが、千円のブラウス着てどうするのよ」

そしてこうしたファストファッションが、ハイブランドやその下ランクぐらいのブランドを追いつめ、やがて服を着る楽しさを失くしていくのではなかろうかと私はいつしか考えるようになっていったのである。

だが、柳井さんは今回、被災した地域に、ぽーんと十億円の義援金と七億円相当の商品を送ったのである。

見直した！

ダテにお金を儲けてるわけじゃない。出すべき時にはぽーんと出す。なんとカッコいいんだろう。

感動した私は敬意を表すべく、さっそくユニクロに出かけた。ここに来るのは久しぶりだ。ちょっと来ない間にすごく商品が増えている。

中でも私の目をひいたのは、トレンチコート。バーバリーのを一枚持っているが、これは軽くてよさそう。五千九百九十円だって。信じられない。それに、着てみてもなかなかいいではないか。お買上げ。紺色のカーディガンもカゴに入れた。

が、やっぱり手が伸びないのが、グレイと白のボーダーのTシャツ。あれはユニクロカラーといってもいいのではないだろうか。ひと目であそことわかるカラーである。朝、よくこのボーダーのパンツをはいて家の前を掃いてるおばさんに出会う。コートの下からこのパンツがのぞいていて、パジャマ代わりに着ているのがよーくわかる。なんだかだらしない感じ。私も実は同じ色のパンツを持っていて部屋着にしていたので、はかないようになってしまった。

それゆえ、ユニクロカラーのものは素通りし、パンツ売場へ。

が、私の入りそうなサイズはひとつもない。ユニクロパンツがすべてダメ。

そう、劇的に痩せた一年前はこうじゃなかった。ちょうど「＋J（プラス・ジェイ）」が発売された頃であるが、ボーイフレンドタイプ、スキニータイプ、上から二つめのサイズでOKであった。それにこの「＋J」のデニムをはくととても評判がよく、いろんな人に、

「結構デニムいいじゃん」

と言われたものだ。

それがこのていたらくである。本当に悲しい。ユニクロのパンツが入らないというのは、日本人女性として規格外という感じだ。

それにしても、東京は今非常事態で、コンサートもお芝居も軒なみ中止である。やっぱり淋しい。

そんな時にシンディ・ローパーはコンサートを決行してくれた。さすがだ。しかしテレビで見たシンディが、あまりにも老けていたのはショックであった。流行の垂れ目メイクもヘン。アメリカ人のくせに整形しなかったんだね。なんて友だちとしゃべり合う日はまたくるんだろうか……。

こんなときこそ

美人の鼻の穴の中もキレイ

整形してるかどうかわかるあごの形！

どんよりとした暗い日々が続いています。

原発はどうなるかわからないし、停電で東京はネオンが消えている。派手なパーティはみんな中止になり、それどころかレストランへ行くのもはばかられる世の中だ。もちろん被災地の人たちを思えば、文句なんて言ってられないのであるが、それにしても一向に晴れやかな心になれない今日この頃である。

だけど雑誌って本当にいいですよね。この中に守られて楽しいことも書ける。だってそうでしょう、ブログやツイッターのように不特定多数の人が見るものと違い、「アンアン」を手にとって読むというのはあきらかに意志がある。

「そろそろキレイなもの、ステキなものを見たいな」

と思って「アンアン」を開くわけでしょ。だから他の場所では許されないことも、このページでは許されるわけ。

仕事も幾つかキャンセルになり、ちょっぴりヒマになった私は、この頃映画を見たり、時間をかけてコスメ売場を歩くことが多い。いつもはざっと見るだけの売場の品々を、いろいろ試したり、肌につけたりするのは結構楽しい。

そして私は見つけたのである。お腹のもみ出し専用のクリームだ。こんなものがあるとは知らなかった。お風呂上がりに鏡の前に裸で立つ。イヤだけどちゃんと立って直視する。

そしてこのあいだのことを思い出したりもする。デニムショップで、BFタイプの大きいのを見つけた。今年（二〇一一年）の型じゃないが、BFタイプ、ゆったりしていていいですね。そのデニムはものすごくぶっといウエストサイズで、他のデニムの中で異彩をはなっていた。

「いくら私でも、このサイズならだぶだぶだわ」

と試着したところ、ぴったりではないか。それどころかボタンをはめるのにすごく苦労した。

もうあの屈辱を体験したくない。昔、エステでやってもらったもみ出し法を思い出し、自分の手でやってみようではないか。たっぷりクリームを塗り、浮き輪のような肉をつまみ力を込める。痛いけどこのくらい何だろう。このヒマな時期、この肉を落とすことに専念するのだと私は決めた。だからダイエットもちゃんとやってる。

ところで全然話は変わるようであるが、私はいつも女優さんや歌手のアップを見るたびに不思議で仕方なかった。

「どうしてこの人たちの鼻の穴の中って、キレイなんだろう。どうして毛が一本もないんだろう」

女優さんというのはたいてい鼻が高い。だんご鼻の私の鼻の穴は丸くて下を向いているから、中はそんなにのぞけない。が、美人の鼻はつんと高いから、鼻の穴もすごおく中身がよく見える。女優さんの場合、カメラが顔の下から撮っていても、鼻毛どころか黒いものが何も見えない。

「どうしてあんなに鼻の中が綺麗なの」

と芸能人に詳しい編集者に聞いたところ、彼女が言うには、楽屋で鼻毛切りをしているのを目撃したことがあるとか。

が、私が見た鼻の穴の中には、刈り取った跡ひとつなかった。

が、ある日私はエステの永久脱毛の広告ページにこの文字を見つけた。

「鼻の穴」

つまり女優さんやタレントさんというのは、鼻の穴の中も永久脱毛していたわけだ。すごいと思う。この頃大画面でデジタルで、いろんなものがはっきり見える、そういうのに対処していたのだろう。

永久脱毛といえば、今の若い人と年増とをはっきりと二分するものがある。それは腋(わき)の下のキレイさですね。

私たちの時代、腋とかの脱毛はニードル式、つまり針で一本一本刺していって電流を流すわけ。痛いわ、効率は悪いわとさんざんなめにあった。それなのに黒ずんだ跡が残ったのが、年増の永久脱毛だ。

レーザーでやってる、今の若い人のツルンツルンとはまるで違う。種痘の跡ぐらい年代によって差がある。

こういうのを見ていると、やはり時代と情報がキレイに味方しているのだなぁとつくづく思う。

そういえば私の友人が電話をかけてきて、

「痩せるのにものすごくいいサプリメントを見つけた。ハヤシさんが前にやってた、体にどうのこうのじゃないやつ。すぐにインターネットで買ってみて」

とえらく興奮していたっけ。

あれは地震の前のことであった。すぐ買おうと思ってたのにこのゴタゴタですっかり忘れてしまった。が、随分遠い日のような気もするなぁ……。

いけない、いけない。悲観するたびに女はフケる。いろんなことがあるが、ダイエットともみ出しは続ける。鼻の穴の中も気をつける。どんな時でも女の日常を頑張りましょう。みんな約束よ。

断捨離対象外!

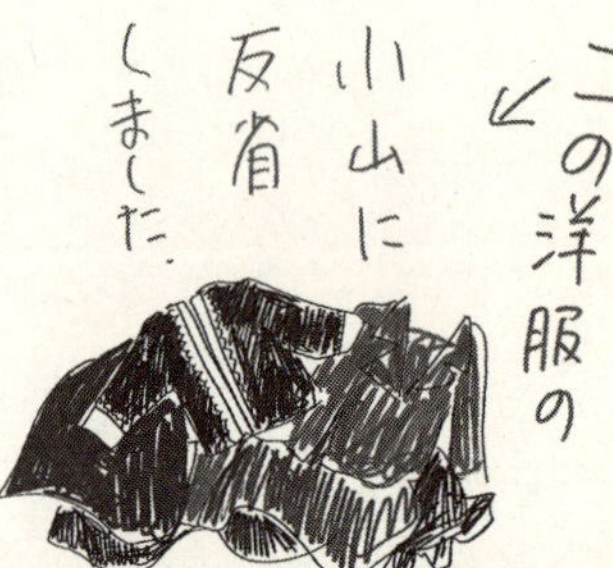

この大震災は、私の心の中にいろいろな変化をもたらした。
それは「無駄遣いしない。いつ何があってもいいように身のまわりを整理する」というものだ。
そして私は久しぶりにクローゼットの中へと入った。ここの大型回転ラックには、ものすごい量の洋服がかかっている。よってうまく回転出来ず、すぐに洋服が落ちてひっかかる。
このラックのことについて書くと、ますます腹が立ってくるから書きたくない。うちのハタケヤマは、

「ハヤシさん、十二年前のことなのに、クローゼットに入るたびに、いつもぷりぷり怒ってますね」

と笑うが、本当に頭にくるので仕方ない。前にも書いたことがあるが、地方の建築家に家の設計をまかせたところ、この人がものすごいKYで、打ち合わせに、

「ハヤシさんのファンがいたんです！」

とものすごく興奮して、全く見知らぬ女性をいきなり連れてきたことによる。前のわが家で引越荷物がごった返している中に、平気で彼女を同席させたのだ。彼女は収納機器の会社の社員であった。出前のとんかつ弁当を食べながら、話の流れはごく当然のようにクローゼットの中に大型ラックを置くことに。

これが全く機能しないのである！　おかげで私のクローゼットはほとんど用をなさず、私はドアを開けて手が届く範囲の服しか着ないようになった。

「ハヤシさんって、あんなに服買って、いつも同じものばっかり着てる」

と人に言われる原因はここにあるのだ。

そして私はある日決心して、クローゼットの奥にわけ入った。実は春の服の行方を追うためだ。そうしたら、出てきた、出てきた、全く忘れていたたくさんの洋服が。

「痩せたら着よう」

と思ったまま、空しく時を重ねていったスーツやワンピース、パンツ類はこの際処分することにした。

悲しいかな、こういう時リサイクルショップは使えない私。以前送ったところ、ブランド品を二束三文で買い叩かれ、文句を言ったところ、

「お客さんのサイズの方は、ほとんどいないので」

だと。

あぁ、むかつく。

どうして私のクローゼットの中は、腹が立つことばっかりで満ちているのだろうか。

というわけで、これらの服は、私と同じくデブの血筋をひく、山梨の一族の女たちへと送られていく。ダンボールに詰められたのは、ブランド品ばかりであるが、彼女たちに果たして価値がわかるかどうか。まぁ、言ってもせんないことである。

そしてクローゼットの床付近からは、インナーがいっぱい発見された。そお、ジャケットに合わせてショップの人に勧められた、薄いニットやTシャツですね。

これらのものもかなりのお値段したのに、こんなに粗末にしていたのね。前から本は売れなくなっていたが、大震災後かなりひどいことになっている。私の予測では未だかつてないほどの節約生活を強いられるはずだ。もお、洋服をじゃんじゃん買う時

代は、私にはないであろう。

これからは整理して残った服だけで、つつましく頭を使って生きていくつもり。

などというようなことを友だちと喋っていたら、

「私も大震災以降、すごく考え方が変わったの」

と彼女が言う。

「無事だった家族と再会する光景をテレビで見て、毎日泣いてたわ。そして家族ぐらい強い絆はないなあって本当に思うようになった」

それで心から結婚したくなったと言う。

「もうフリンだ、恋だとふわふわ生きていくのはやめるつもり。何とかして今年中に結婚したい。そして子どもを産みたい」

そうな。

「だからハヤシさん、誰か紹介してよ、お願いします。もう誰でもいい。ホント。もうわがままは言いませんから」

こういう女性は私のまわりでも増えているのであるが、私には男の持ち駒がない。

「誰かいい人いませんか」

という女性はいっぱいいるのであるが、

「誰か紹介して」

という男友だちがまわりに本当にいないのだ。実のところ、私はやや楽観視していたところがある。

「バツイチ男が、やがて市場に出まわってくる」

と確信していたのである。が、これは間違っていた。バツイチ男はなかなか再婚しない。

「こんな自由で楽しいなら、もう結婚なんかしたくない」

という人は多く、再婚するとなるととんでもなく若いのとするからだ。

しかしやさしい私は、女友だちに約束する。

「そうだね、やっぱり結婚した方がいいかもね。いざとなると家族を持っていた方がいいよね。きっと私が探してあげる。男の中にも今度のことで気持ちが変わった人がいるよ」

みんなが幸せについて真剣に考えてる。私も協力します。愛だけは整理しちゃダメ。

米パワー、注入！

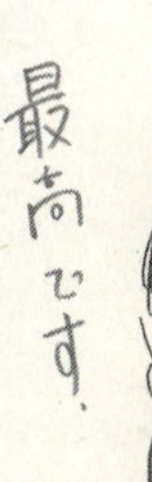

前にもお話ししたとおり、このところ東京は暗い雰囲気に包まれている。街は暗いし、お店も早く閉まる。お花見も自粛ということになり、心が晴れることはない。

だいいち、毎日被災地や原発のニュースを見ていたら、胸がふさがってしまい、とてもじゃないが、楽しく何かをやろうなんていうムードにはならないだろう。

「節電につとめながら、日常生活をおくろう」

ということになっているが、この日常生活をふつうにおくるというのが、なかなか大変なんですね。

私の友人は、どこにも出かけず、毎日うちの中にひきこもり、泣きながらテレビを見続けていた。そうしたところ、髪はバサバサ、顔は太ってむくみ、しかも軽い〝うつ〟に陥ってしまったという。こういう人は案外多い。外に行って楽しいひとときをすごす、ということで、人はいかに活力を得るかということなのであろう。

あの震災の直後、スーパーの棚からお米やパンが消えているのを見て私は誓った。

「私は絶対買い占めなんかしない。お米がなくなったら、炭水化物抜きダイエットが出来る、と思えばいいじゃないか」

事実、あの頃心もすっかり萎えていて、みるみるうちに、二キロ痩せたのである。

「これを機に、もうだらだら食べるのはよそう」

と固く誓った私。

しかしご存知のように、私は意志の弱い人間である。その後もいろいろな不安は消えずストレスはたまる一方。ある日、何のきっかけもないまま甘いものを口にするようになり、止まらなくなってしまった。

さらに決定的だったのは京都に行ったことである。

この京都は四ヶ月前に計画していたもので、ホテルもとっくに予約していた。震災の後、何度もキャンセルしようと思ったものの、

「いや、きっと笑って桜を見られる日がくるかもしれない。頑張ろう」

と励みにしてきたものだ。

まあ笑って桜を見ることは出来なかったが、なんとか京都へ行き、桜の花を眺めることが出来た。

京都の人に聞いたところ、恒例の「都をどり」や人気の店はキャンセルが相ついでいるという。それでいてホテルは満室なのだ。放射能をおそれて、東京の方から滞在している人が多い。ずうっと連泊をしているという。

ためしに人気のお店に予約を入れたところ難なくとれた。シンガポールから貸し切りの予約があったのが、ドタキャンされたそうだ。

今が盛りのタケノコを、目の前の火鉢で焼いてくれ、そのおいしかったこと。最後は私の大好物の鯖鮨がたっぷり。もうお腹いっぱい食べてしまった。

次の日はニシンそば、おやつはぜんざいと、糖分、炭水化物がたっぷりの食事。

家に帰ってヘルスメーターにのったら、見事に二・五キロ太っていた。三日で二・五キロ太るって、いったい私の体はどうなっているのだろうか……。

こりゃあ、まずい、ということでかなり気をつけていたのであるが、それはおとといのことであった。

女友だち六人で芝居を見に行った。このお芝居も三ヶ月前に予約していたもの。あののんきな日々を思い出すと、感慨深いものがある。あのすぐ後に、私たちの住む世界が変わるほどの大きな悲劇が起ころうとは。

しかし私たち六人は無事でここに集まり、約束どおりお芝居を見られることを喜び合った。震災以後、初めて会った人がほとんどだったからだ。

そしてお芝居が終わり、何かを食べて帰ろうということになった。が、夜の渋谷は案外大人が行くところがない。

「それならば代々木上原に行こうよ」

私がよく行く焼き肉屋に電話をしたら、席は空いているとのこと。

みんなでビールを飲み、チヂミを食べながら、今度するチャリティバザーの打ち合わせをした。

「こういうことって、打ち上げ花火じゃダメなのよ。一回バザーをやったら、二回、三回って続けていかなきゃ。復興ってとてつもなく時間とお金がかかるものだから」

と言うのは、阪神・淡路大震災を経験した友だち。あの時、家族は無事だったけれど、家はめちゃくちゃになり、当分住めなかったそうだ。

「バザーの時、スタッフエプロンどうする。こういうことにはお金は使えないから、どっかで借りようよ」

なんていう話をしながら、みんな食べること、食べること。最後の〆は、みんなネギめし、クッパ、と叫ぶ。

なんということだろう。私はここの店に通って十年になるが、ご飯ものを食べたことはない。それなのに皆につられて、ビビンバを注文してしまったのである。

みんなワリカンで五千円を出し、二百円ずつお釣りを貰って帰る途中、夜にこんなに炭水化物を食べた事実に、恐れおののく私。

が、夜の炭水化物は、この後も続いたのである。

しかし活力は体中にみなぎってきた。バザー、頑張るぞ！

女を元気にするものは

こんなことを言うと不謹慎だと思われそうであるが、震災以降太った、という人は結構多い。

私の仲のいい友人は、震災直後、一歩も外に出ず、泣きながらテレビを見続け、冷蔵庫にあるありったけのものを口に詰め込んでいたそうだ。そうしなければ、とても恐怖や悲しみと戦えなかったという。

また別の友人は、料理をする気がまるで起こらず、カップラーメンやフライドチキンというジャンクフードを食べ続けた結果、あっという間に三キロ太ったそうである。

かくいう私も震災のすぐ後は、あまりにも悲惨なニュースを見たり、原発の不安な

どで、二キロも痩せてしまった。またお米の買い占めをする人を見て、

「ずっと炭水化物抜きダイエットをすると思えば、お米なしで耐えられるのに」

などとエラそうなことを言ったために、お米やパンを抜いていたらまた一キロ減った。このままうまくいくと思いきや、生活が正常に戻るにつれ、今度は過食に走った。今思うとすごいストレスがあったと思うのであるが、好物の堂島ロールを三分の一食べたりもした。

前にもお話ししたと思うが、京都旅行に出かけたのもよくなかった。昼はニシンそばにいなり寿司、夜は有名料理店、という食事をしたら、三キロいっきに戻ったのである。

「私って本当にダメな人間……。被災地ではみんな飲まず食わずの生活をしているのに、ダイエットひとつ出来ないなんて」

と頭をかかえてしまった。こんな時、友人から耳よりの話が。

「ネットでも買える、インド式ダイエットのサプリがすっごくいいよ。うちの会社でもみんな痩せたよ」

ということで、さっそく取り寄せたのであるが、

「どうせ今度もダメだわ……」

とほっておいたのである。が、箱があまりにもカサ高いので、捨てるぐらいならと、飲むことにした。

このサプリは、インド産のハーブが配合され、脂肪を分解するんだと。

ふーん、そうなの、それがどうしたの、という感じ。私ぐらい年期の入ったダイエッターだと、こんな言葉なんか、フン、聞き飽きたわ。

中国四千年の歴史が生んだとか、チベットの秘薬とか、ブルガリアの伝説の、とか、流行ものでは韓国女性の美の秘密とかさ、ありとあらゆるキャッチフレーズがある。が、念のために説明書を読んでみた。インド式ダイエットでは、朝は消化する能力が劣っているから、ヨーグルトとか流動食を食べるのだそうだ。そして昼間はうどんかソバの簡単なもの。夜はふつうのものでお酒を飲んでもオーケーだそうだ。

努力することはただひとつ。サプリは必ず空腹の時に飲むことだ。

朝食と昼食の間に一回、昼食と夕食との間に一回、寝る前に一回飲む。この時は前後二時間、絶対にものを食べないことがルールだ。ただしお茶やお水のようなノーカロリーなら構わないという。

そしてこのダイエットを始めてすぐに気づいた。時間に気をつけて時間どおりサプリを飲む、ということは、間食を全くしないということなのである。そお、そのためにこのサプリはあるといってもいい。

その前まで、何とはなしにつまんでいた、クッキーやおせんべいを全て絶つ。その結果、四日でなんと二キロ痩せたのである。夜、フレンチにワインを飲んだりしても、次の日は、

「ウソーッ」

というぐらい体重が減ってる。嬉しくてたまらない。

その喜びのまま、お洋服を買いに行った。思えば震災以降、お店に行ったことがない。

「お金とサイズがないから、もう何にも買わないワ」

と私が言うとみんな笑うけれどもこれは本当。

この出版不況に加え、本がぱったりと売れなくなった。それどころか二つあった講演会とサイン&トークショーもキャンセル、大減収である。

が、私は青山に行ったついでに、いつものショップに向かった。お店は節電していてちょっと暗い。

店員さんに聞いたら、やはり震災以降は、閉店時間が早くなったこともあり、売り上げはぐっと落ちているそうだ。

私だってお金があったら、パーッと使って日本経済を活性化させてあげたい。この日本を元気にしたい。が、こんなにビンボーになって、もう前みたいに洋服にお金を使えないワ……。

しかし気づくと、春のお洋服を何枚か買っていた私。そーよ、お金なんかどうにでもなる。カードの引き落としまでに稼ぎゃいいんでしょう、とすっかり元気になった私。

ダイエットがうまくいき、洋服を買う。この二つぐらい女を元気にするものがあろうか。私はその確信を深めたのである。みなさん、春のお洋服、いっぱい買いましょうね。

バーキンは人類を救う

高級バッグを供出せよ

エンジン01が、大震災のためのチャリティバザーを行うことになった。

これについてはマガジンハウスさんも大協力。よく働く編集者が数人、お手伝いに駆けつけてくれたのである。あと、講談社、新潮社、角川の親しい編集者もずっと売り子や力仕事をしてくれた。本当に感謝である。それどころか、

「何か出して」

と頼んだところ、アンアンスーパーバイザーのホリキさんは、ボッテガ・ヴェネタのバッグを提供してくれた。まだ発売されたばっかりのやつ。ホントにありがとう。

さてエンジン01というのは、文化人の集まりである。よってみんなが出してくれる

ものといったら、自分の本にサイン、というものが多い。それもいいのであるが、これだと金額のカサが上がらない。

なにしろ幹事長の三枝成彰さんからは、

「五百万を目標に」

と言われているのである。

というわけで、私は会員の中でもお金持ちでおしゃれな女性たちに、

「エルメスとかシャネルの使ってないバッグがあったらよろしく」

とメールをうった。

バブルの頃からつい最近まで、私たち女はこういうものを幾つ持っているかを密かに自慢したものである。特にバーキンなんか、品物が少ないのでひっぱりだこ。パリの本店で、なじみの店員さんからこっそり出してもらうのが女たちのステータスであった。

「バーキンは女の貨幣である」

という名言を私が残したのもその頃である。七十万ぐらいでパリで買ったバーキンがすぐインターネットで九十万ぐらいになった。銀座のリサイクルショップでも、新品バーキンは平気で百二十万ぐらいの値段がついていた。数を多く持っていればいいる

ほど、豊かな気持ちになれたのである。

私は独身の頃、JALのスッチーをしていた親友と、よく海外旅行をした。行く先々でもちろんバーキンやケリーを物色すると、彼女はにわか〝大黒屋〟となって、いろいろ値段の査定をしてくれるのである。

「マリちゃん、これじゃパリで買った方が安いわよ。今度私が買ってきてあげる」

と即座に言ってくれたりしたが、スペインに行った時、彼女は興奮した。

「わっ、安い。ニューヨークよりも香港よりも安い。どうしてこんなに安いのかしら。これは買わなきゃ」

パリに行った時には、必ず本店に寄り、バーキンかケリーを買った。

好きな色を選んでオーダーしてもらったことが何度かある。色や形が気に入らなくても、こっそりと奥から出して見せてくれたものはほとんど買った。

あんな風に海外に出かけ、お買物に精出した日々は、日本にも私にも二度と訪れないような気がする。

私の棚にはそんな時の戦利品が何個かある。もうこういうものを少しずつ手放すべきであろう。

というわけで、私はほとんど使っていない五十センチの黒のバーキンを、バザーに出すことにした。それから昨年（二〇一〇年）の暮れ、ハワイで買ってあまりにも似合わなくてがっくりしたシャネルのフォーマルジャケットも。

そして仲間にも、さらにしつこくメールをした。

「バッグを出してくれ。あと金目のもんを」

集中攻撃した結果、中井美穂ちゃんはベージュのケリーバッグを、山田美保子さんは限定のシャネルバッグ、どちらも新品を快く出してくれた。

他の会員さんからも、使用してあるもののシャネルのバッグが何個か。びっくりしたのは、近所の奥さんにこの話をしたところ、

「じゃ、これ持っていって」

と、朝、シャネルのワンピースとロングのファーコートを届けにきてくれたのだ。このコートはチンチラ！　びっくりしてしまった。

そしてバザーが始まる時間前には、もう行列が出来ていて、開始時刻の三時にはたくさんの人たちがどっと入ってきた。

「いい商品は早いもの勝ちになってしまう。何とかしてほしい」

という申し出がお客から、バザーの前にあり、いろいろ方法を検討したら、ホリキさんが素晴らしいアイデアを出してくれた。

「並んでいる人、先着百五十人に整理券を渡しましょう。そして一時間後にもう一度集ってもらい主催者の誰かがクジをひく。一番から十番までが当たった人は、順に好きな品物を買えるのよ」

なるほどこれなら誰からも文句がないはず。そして一番クジをひいた人が当てたのは、エルメスのトートバッグ。私のバーキンは四番目の人に買われていった。どうか大切に使ってください。私のバブルの頃の思い出……。ということはかなり前のこと。バーキンはそれでも力を持つ。やはり女の貨幣である！

ダイエット
成功の
サイン

夏とヒールと節電と

久しぶりに青山のレストランで、君島十和子さんとランチをした。

十和子さんは相変わらず美しく、決して大げさではなく、入ってくるなりパーッとあたりが明るくなるような感じ。そして次に私の目をひきつけたのは、すらりと伸びた足であった。シャネルのクリーム色のスーツはミニで、それにヒールを合わせていたので、長い綺麗な足がかなり露出される。

大人の女の人の、ミニスカートから伸びた足を久しぶりに見たような気がして、とても新鮮であった。確か十和子さんはナチュラルストッキングにもすごくこだわっていて、外国製の何とかというやつが、素肌にいちばん近く、足を美しく見せてくれるとご本に書いてあったっけ。

震災以降、女の人がみんなフラットシューズを履いている。あたり前だ、節電でどこの駅もエスカレーターが止まっているから、長い階段を上がらなくてはならない。それに余震が続いていて、いつ電車が止まるのかわからないのだ。

私の友人たちは、あれ以降、いつもバッグの中にスニーカーを入れていて、会社にも置いているそうである。そういえばあの地震の日、青山から家まで歩く途中、私は表参道のシューズショップでスニーカーを買った。その日、かなり高いヒールの靴を履いていたからだ。

しかしその店ときたら、いちばん大きいのが二十四・五センチで、しかも幅が狭い。

「もっと上のサイズを」

と聞いたところ、これがいちばんと若い店員さんに冷たく言われたことを、なぜかよく憶えている。非常時なのに……。

それを履いて家まで歩いたのであるが、一時間ぐらいで爪先が痛くなった。しかし前を行進している女の子たちの足元を見てびっくり。ものすごいヒールのサンダルで、ちゃんと歩いているのである。

「やっぱりこんな時でもおしゃれ心を忘れないいんだワ」

と私は感心したのであるが、震災以降、流行のあのキリのようなヒールもめっきり見かけなくなった。このまま日本の女の子の足が太くなったら大変なことである。誰でも知っていることであるが、高いヒールの靴は、健康には悪いかもしれないが美容にはいい。ヒップがキュッと上がり、姿勢もよくなるのがわかる。それにヒールを履いた私の足というのは、我ながらびっくりするぐらい形いいではないの。ウインドウに映ったわが足を見て、ちょっぴり満足する私である。

そお、二年前から履いているマサイシューズの成果が上がってきたのかもしれない。私の住んでいる町内は、ものすごく坂が多く、どれも急だ。ある時小学生のグループが向こう側から坂を上がってきて、

「ここに住んでるコって、毎日こんな坂上がるのかよ。マジかよー」

と言ったぐらいだ。

犬の散歩の時やお使いの帰り、私はわざと坂のきついところを選んで歩く。マサイシューズのかかとを踏みしめ、大きく歩幅をとる。これだけでものすごく運動しているという感じ。

しかし上には上がいて、私の担当編集者は、時々であるがマサイシューズを履いて出社するそうである。ただしこの靴は底が安定しないので、階段を降りる時はかなり

気をつけなくてはならない。今のようにエスカレーターが止まっている駅だと、通勤にはあまり向いていないかもしれない。

この頃つくづくわかったことがある。女の色気や魅力で、足がいかに大きな要素を占めるかだ。前にもお話ししたと思うが、白人の男は、顔はどんなにマズくても、足だけは絶対に綺麗な日本女性を選ぶそうだ。足がぶっといのは、洗練されていない証だという。

そお、若いコのミニから伸びた足は可愛いが、まぁ可愛いだけという感じ。その点、大人の女はそれにヒールを組み合わすことが出来るのでかなり有利である。

私は昨年（二〇一〇年）、香港でロジェ・ヴィヴィエの靴を三足買った。どれも細ーい、高いヒールである。試し履きした私の足は、自分でも惚れ惚れするぐらい長かった。

しかし日本でそれを眺めるたび、

「はて、私はなにゆえにこれを買ったのであろうか」

と首をかしげる私。いわゆる海外マジックというやつで、あちらの空気の中では履きこなせるような気がしたのである。が、この頃この靴を持って外出する。フラットシューズで駅に行き電車に乗る。そして目的地に着いたらトイレで履きかえる。そお、私の自慢の足をプレゼンテーションするため、こんな時こそヒールは必需品と気づいたのである。

こうなったらストッキングにも凝りたい。私はおばさんはナマ足はやめた方がいいという主義なので、よほどのことがない限りストッキングをはくつもり。が、それでこの節電の夏を乗り越えられるかどうか……。仕方ない。六月になったらパンツにするか……と気持ちは千々に乱れる。どうかエスカレーターなしと猛暑が、私の足を太くしませんように。神さま、私にヒールを履き続ける根性と涼しい夏を!

私、山ガールになる！

久しぶりにトミちゃんとランチをした。

トミちゃんと私とは、かつて「肉体関係のないレズビアン」と言われたほど、いつもべったり一緒だった。同い年で初対面から気があった。マガジンハウスに勤め「アンアン」の編集長をしていたトミちゃんとは、海外旅行もよくしたものだ。編集者という人はたいていそうなのであるが、よく気がついてめんどうみがいい。ヨーロッパやアジア、NYなんかをよく旅したけれども、本当に楽しかったワ。

トミちゃんはお酒を飲めないけれども、料理が得意で私は彼女のマンションに入りびたっていた。夕飯を食べ、夜中までいた。

どこの山に行くんですか？

男の人とデイトすると帰りには、トミちゃんのところへ寄って品定めをしてもらう。これが恒例であった。

トミちゃんには私が恋愛の真最中も、失恋してわーわー泣いていた時もみんな見られている。

トミちゃんもそれなりにいろいろあったが独身を通し、転職して今は女子大の教授をしている。学生を相手にマスコミ論とか、雑誌ジャーナリズムを教えているそうだ。お互いにものすごく忙しく、近所に住んでいるのに会うのは半年ぶりであった。お互いに話すことがいっぱい。

トミちゃんは言う。

「うちの学生ってこう言うのよ。うちのお母さんが、ずっと『アンアン』のあのエッセイを読んでました、テツオさんって、本当にハンサムなのか聞いてこいって」

「ふふふ、何て答えたの」

「まあまあじゃない、って」

そう、バブルの頃、テツオとも毎晩のように遊んだわ。東京の盛り場が海の方へ行って、トーキョーベイがトレンドになっていった。夜中にああいうカフェまで車とばして、お茶するのが流行りだったんだから。

「本当にあの頃は面白かったねー」

「めちゃくちゃ働いて、めちゃくちゃ遊んだよね」

と、私たち二人は、おばさんがよくする会話を交したのである。

ランチの後は、原宿にあるスポーツ用品店へ。ちょっと山に行くことがあったのでヤッケを買いに行ったのである。

二人であれこれ試していたら、

「お手伝いしましょうか」

と若い男性が近づいてきた。それがイケメン！　甘い顔立ちのすごくいい感じである。私はヤッケをいろいろ試したのであるが、レディスのL判でもきつかったのはいかにも無念である。

「でもさ、山は下にたっぷり着るから、大きい方がいいかもよ」

と、トミちゃんがナイス・フォロー。昔からこういうのがうまい女である。

そしてこれを袋につつんでもらって帰ろうとしたら、もっと薄手のヤッケが目についた。こっちの方がいいかなーと近づいていったら、

「どうぞお試しください」

と、棚の陰から男性が登場。

それがカッコいい、なんてもんじゃない！　さっきのかわいい男の子もよかったが、こちらの方がはるかに私の好み。好みどころか、もろストライクゾーンである。私はマッチョは嫌いであるが、彼はスポーツマンらしく、ほどよく筋肉がついた体がTシャツからはみ出しそう。そして日に灼けた顔には、切れ長の目と引きしまった唇。なんて素敵なの……。

「い、いま、ヤッケ買ったんだけど、今の気候だと、ちょっと暑いかな、と思って」

口調がうわずっているのが自分でもわかる。

「どこまでいらっしゃるんですか」

私が行先を告げると、

「それでは昼間暑いかもしれませんね。これは薄いので、畳んで持っていけますよ」

ということで、それも買ってしまう。

ヤッケを二枚も買って、私ってどうするつもりなんだろう。

その後トミちゃんから、メールがあった。

「久しぶりに目がハート、鼻の穴をふくらませてるマリちゃんを見てうれしかったわ。あなたって、昔からいい男を見ると、表情に露骨に出るのよね。私、笑っちゃったワ」

ということであった。私はトミちゃんにメールを返した。

「私、これから山ガールになることにした」

ところで話はガラッと変わるが、先日、テレビに出演した。BS11のブックレビュー番組で「林真理子特集」をしてくれることになったのだ。

ばっちりヘアメイクもし、買ったばかりのジャケットも着た。MCやコメンテーターの人が五人いて、私は左端に座った。が、モニターを見るとヘンなのだ。私だけ三メートル前にいるみたい。遠近法が狂ってる。

私は気づいた。私は体もデブだが、顔も大きい。であるからして、鏡に自分一人だけ映した場合、バランスがとれてそう太って見えない。しかし痩せた人たちの中に入ると、体の単位が一人違うのだ。そうだったのか……。

山ガールが何であろう、その前にダイエットしろ！

せつない真実

筋金入りのダイエッターである私が、たどりついたひとつの真実。それは、

「ヘルスメーターは、のらなくなると怒りを込めて目盛りを増やす」

ということである。

増えていそうだから次第にのらなくなる。毎日測っていたヘルスメーターから遠ざかる。するとヘルスメーターは、ものすごい意地の悪いことをするのだ。

海外旅行から帰った後など、

「ウ、ウソでしょ。まさか……」

と膝から崩れ落ちそうになるようなことが何度あったろうか。

着るべきか、
処分すべきか、
肩が問題だ……

であるから、連休中にかなり食べまくった私は、どうしてもヘルスメーターにのることが出来なかったのである。

「これにのるのは、もう少し痩せてからにしようっと」

洗面台のすぐ前にあるピカピカのヘルスメーター。それが今、まるでおとぎ話に出てくる呪いの板のように見える。そう、心が悪い人がのると、足の裏が真赤に灼けただれるという話。しかしこのままでもいられない。

三日後、炭水化物と夕食を抜いていた私は、おそるおそるヘルスメーターの上にのった。が、いつもこういう時、私は生きているのがイヤになるぐらいの絶望におちいるのが常。しかし、私はヘルスメーターと七つの時につき合って以来初めて、彼女にやさしくされた。

「ウソでしょ！」

なんと三キロ痩せていたではないか。

わーい、わーい。このままもう増やしたくはない。夕ごはんだって菜食に切り替えることにして、私のダイエット人生は久しぶりに順調に稼動し始めたのである。

こうなってくると、お洋服もがんばらなくては。ここのところ、いつも着るものが限られていて、似たようなバリエーションであった。

ところで私はクローゼット以外にも、寝室にどっちゃり洋服を置いている。部屋の片隅にラックがあるのだが、ここにクリーニングからもどってきた洋服をざざっとかけているのだ。

ここから夏服を探したら、出てくる、出てくる。その量たるやハンパじゃない。このところ自分の買ったものを、すぐ忘れる。洋服に関する記憶がまるっきり退化しているのだ。

インナーは数知れず、ジャケットにいたっては十枚以上ある、しかしここでビミョウな問題が生じてきた。昨年（二〇一〇年）の夏のものはいざしらず、二年前になってくると形が〝ふーむ〟と考えざるを得ないのだ。スタイリストをつけない（サイズがないから）私は、洋服はすべて自前。よって雑誌のグラビアに出た時、

「あーら、古くさいものを着て」

と言われると困るのだ。

そんなわけでひとりファッションショーをして、肩や丈の具合を確かめていく私。

それにしてもこんな世の中である。ちょっと前のものでも、お洋服は大事に長く着てあげなければ。

昔、仲がよかった友人がいて、ダンナさんは当時流行っていたアパレル会社を経営

していた。だから夫婦揃ってファッション大好きで、海外ブランドを買いまくっていた。そしてお金持ちだったから、お洋服はワンシーズンごとすべてリサイクルショップに持っていく。昨年の服は絶対に着ないのだ。

「こういう仕事をしていたら、常に新しい服を着ていなきゃいけないって、カレが言うのよね」

と当時かなり誇らし気に語っていた彼女であったが、五年であっさり離婚してしまった。ダンナに新しい彼女が出来たのである。やはり、

「先シーズンのものは着ない」

という人は、奥さんもさっさと替えられると、結婚二十年の私は思うのである。

新しい服をじゃんじゃん買うのも大切であるが、一方で古いものをいつくしむ気持ちも忘れたくないものである。

そして型の古くなったものはどうするか。いつも私はダンボールに入れ、山梨のイトコや、関西の弟嫁に送ったりしている。それかまだいけそうなものはお直しに出す。

私の住んでいる町にはインポートものの専門の高級直し工房があり、スタイリストや編集者にとても評判がよいということだ。しかしためしに娘の夏のワンピースの裾出しを頼んだところ、あまりの高さにのけぞってしまった。大人のワンピースの新しい

のを買える値段だったからだ。

それ以来、〝お直し〟にビビる私。

先日のこと、アウトレットショップで、ラルフ・ローレンのBFデニムを買ったことをお話ししたかしらん。裾上げしてもらう時間がなく、

「いいもん、自分でやるもん」

とそのまま持って帰ってきた。が、ミシンもなく、不器用な私に手縫いが出来るはずもない。デニムはやはり長く、ロールが四回転出来てもたついた。

「まるめりゃ見えるわけなし」

とジョキジョキはさみで切ってしまった。何が服をいつくしむだ。私の真実。

「だらしない女がおしゃれになれたためしはない」

愛人候補生？

見てきました、話題の映画「ブラック・スワン」。

この主役を演じるために、ナタリー・ポートマンは九キロ痩せたそうだ。なるほど後半、頬がげっそりしている。

私のようなデブが、ダイエットのために痩せるのではない。もともとスリムな美人女優が、役のために絞り込むのである。どれだけ大変だったであろうか……。

ところですぐ影響されやすい私。家に帰ってからしばらく、

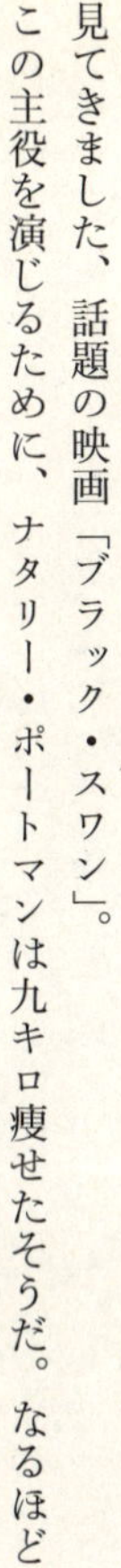

「ジャー、ジャジャジャジャジャ、ジャージャージャージャン」

と白鳥の湖のメロディでひとり踊っていた。誰も信じてくれないことであるが、私

は子どもの頃、クラシックバレエをちょびっと習っていた。今は忙しくてなかなか行けないが、ひと頃は公演もよく見ていたので、こういうふうに踊り出すと結構ムキになる。わが家のリビングで、かなり本気になって踊っていると、それを見ていた夫がひと言、

「腹踊りか……」

ストレッチ素材のTシャツを着ていたため、お腹の下がまくれ上がっていたのである。

が、夫のイヤ味にもかかわらず、踊りながら考える。

「私はバレリーナにならなくてよかった」

もちろんなれるわけもないのであるが、ものすごい禁欲的な生活を何年も続けるのが、バレリーナという仕事である。

少女の頃から太らないように、甘いものもほとんど口にしないそうだ。

それにこれは重要なことであるが、プロのバレリーナの体というのは、かなり過酷に鍛えられている。何人かのバレリーナを知っているが、何年かプロで踊っている人たちはすごいガニ股になっている。失礼な表現かもしれないが、ペンギンさんがペタペタと歩く感じに、初めて見た時はびっくりしてしまった。

それから首は長くとても優雅であるというものの、胸のあたりからガリガリに痩せていてそこに筋肉がついている。あの美しい白鳥を踊るために、かなり肉体が改造されているのだ。

しかもレッスンで早寝早起きするために男性と知り合うチャンスがない。同業者は、女性に興味がない人の割合も高いという職場なのだ。プリマとして華やかな名声と収入を得ている人はほんのひと握りだろう。バレエへの深い情熱がなければ、とても続けられる仕事ではないのだ。

人は舞台を見て憧れるけれども、本当にバレリーナというのは大変なお仕事だ。

さて昨日のことである。ある人から誘われてある人のホームパーティに出かけた。場所は都心のペントハウスである。

いやぁ、驚いた。世の中ってお金持ちがいるもんですね。今までもお金持ちのうちに行き、目を見張ったことが何度もあるが、そこはご主人が独身の男性なので華やかさが違う。

女主人がいないから女客が多く、来ているお客さんがモデルとかタレントとかいった人たちばかりなのだ。みんなおしゃれをして、思い思いの場所でシャンパンを飲んでいる。ひぇー、まるで映画みたいだ。

どの部屋も信じられないような広さで、現代アートが飾られている。ここのご主人はたぶんバツイチだと思うのであるが、ものすごくカッコいい男性なのだ。

そして信じられないことに美しい若い女性がいっぱいいるというのに、仕事帰りで化粧もはがれ落ちた私のところに来てこうおっしゃったのである。

「ボクは昔からハヤシさんのファンで、本はほとんど読んでますよ。だから今日は友だちに頼んでわざわざ来てもらったんです」

ぽーっとしてしまった私。男のファンなんて本当に珍しい。めったに会ったことがない。いてくれるだけで有難い。

ふつうならそこでよかったで終わるはずであるが、図々しい私はさらに妄想をたくましくする。

今年（二〇一一年）の正月、あまりにもいろいろツイていないので、仲よしの脚本家の中園ミホちゃんに四柱推命と手相をみてもらった。彼女は占い師でもあるのだ。

「ハヤシさん、今年はものすごいお金持ちの男性と出会います」

彼女は言った。

「とにかくお金に縁のある人、銀行に勤めている人か、財務省の役人かもしれないわ。いいえ、そんなミミっちい人じゃないわ。自分がものすごいお金を持っている人よ。

その人がハヤシさんと深いかかわりを持つの」

深いかかわりって、そういうことをすることなのかしら。その前にこのでっぱった下腹をなんとかしなきゃと本気で考えた私であるが、あれから半年がたち、金持ちの男が現れるどころではない。世の中は大震災が起こり、日本中がビンボーになろうとしている。しかし私の目の前に現れた大金持ち。

ところで世の中、モデルやタレントを愛人にしている男の人はすごく多い。しかしバレリーナを愛人にしている人に会ったことはない。数が希少なせいもあるし、言ったとおりすごくストイックな暮らしをしているため、夜の巷（ちまた）に出ないこともある。しかし女の作家を愛人にしてる人は皆無だ。私こそ第一号になるのもいいかもと、今宵も私の腹踊りは続く。

女の〝大〟問題

悲惨な被災地へ行き、ただひとつ救われることは、素晴らしいボランティアの人たちに会えたことであろう。
まるっきり私利私欲に走らず、本当に困っている人たちのために奔走する若い人たちが何人もいる。
その中でも〝イケメン・ボランティアズ〟と呼ばれるグループと出会った。その中心人物三人が本当にカッコいいのだ。元一流商社マンで、今は自分でビジネスをやっているA氏、誰でも知っている若い企業のオーナーB氏、そして元自衛官のC氏。この三人、動きやすいようにいつもピチピチのスポーツウェアを着ているのであるが、ぜい肉がちょびっとでもある人は絶対に無理な服を着こなしている。この人たちは今、本当に困っている小学校、中学校にスポンサーを見つけ、給食を提供したりしているのだ。

このあいだの訪問の時に手伝ってくれる友人を連れていったら、

「イケメンなだけじゃなくて、心がキレイで頭がよくて、なんてステキな人たち」

とうっとりしていた。

「日本語のわかる韓流スターと一緒にいたみたい」

と言う人もいた。

私が特にお気に入りなのは、元自衛官のC氏であろうか。何かする前に肉体がまず勝手に動くといった感じの躍動感。考え方もユニークでものすごく面白い。

彼は自衛隊をやめた後、しばらくパーソナルトレーナーをしていたそうだ。私も前にやってもらっていたけれど（女性に）、講師が家にやってきて一対一でトレーニングをするシステム。相手は当然のことながらお金持ちの男性、もしくは女性となる。

すると彼によると、

「おばさんは三、四回めになると、必ずネグリジェ着て現れたり、シャワーを途中で浴びたりして」

すっかり嫌になってしまったそうだ。今は代々木公園で、サバイバルエクササイズを自分のためにしているという。タイヤを引いたり、木材を上げたりするハードなものらしい。すっかり仲よくなった彼は言う。

「今度からハヤシさんのために、トレーニングしてあげるよ」

「いいね、ネグリジェ着て行くよ」

二人で大笑い。彼によると、私ぐらい丈夫な胃袋を持っている女の人を見たことがないという。

「初めて会った時、コンビニでシュークリームとお握り買って、外のゴミ箱の上でむしゃむしゃ食べててすごいなーと思った」

それはこれから本当の被災地に入ると聞かされ、食べるのはこれで最後と思ったからだ。避難している人の前で、まさかお弁当は食べられない。

「あの食べ方見て、すげー胃袋の人だと思った」

が、これは半分あたっていて、半分間違っているかもしれない。私は〝胃〟は強くて何でもガンガン入るが、腸が弱いというより機能が悪い。〝出す〟のがうまく出来ない。つまり〝便秘〟ということ。

私の便秘に関するつき合いは長く深い。もの心ついてからずっと便秘に悩まされている。若い頃はあまりの激痛にのたうちまわり、救急車を呼んだこともある。そしてつい先日もずっとお腹が痛くて、「ガンかも」と病院へ行きレントゲンをとってもらった。そうしたら、写真を見て先生が言った。

「すごく溜まってますすね」

ありとあらゆることをやった。ヨーグルトにロイヤルゼリー、どくだみ茶にセンナ茶、そうそう「スリムドカン」というのも懐かしいな。アロエを飲んだらいい感じだったのであるが、食事をすると反射的にトイレに行きたくなる。これは非常に困った。外でランチやディナーをとった後にそういうことをするなんて。女の人は外で大きいものが出来ない人種である。であるからして、今、避難所の人たちがみんな便秘になると聞き、自分のことのように胸が痛む。そう、人、特に女性というのは、自分の慣れ親しんだトイレでないと、出るものが出ないものだ。ずうっと仮設トイレなんてどんなにつらいことであろう……。

話がそれたが、便秘のあまりのひどさに、病院でもらった薬をずっと飲んでいる私。出ることは出るが、ある本を読んだら、薬で出していくと、腸の壁が黒くなるというではないか。

そんな時、本屋の店先で健康雑誌を見つけた。その表紙には、

「便もガスもその場でド、ド、ド、と出た」

というものすごいうたい文句が。腸もみダイエットだと。生まれて初めて健康雑誌を買い、さっそく腸もみを始めた。お腹を出し、おヘソまわりを指圧していく。そお、このところの私のお腹の出方は異常だった。単に肥満であれだけ出っぱるはずはない。便秘が原因だったのね。

それから私の腸もみは続く。毎晩電気を消し（夫に見られたくない）モミモミする。が、あまり効果はない。三日して私は気づいた。そお、あまりにも厚い脂肪の層が邪魔しているんだワ。もっと深く指を入れ、もっと強くもまなきゃ。次の日はややありました。が、この報告、もうあんまり聞きたくないよね？

若い女の生きる道

独身のイケメン医師、A氏のことは前にお話ししたと思う。

「ハヤシさん、誰かいませんかー。紹介してください」

としょっちゅう言うので、私が長くめんどうをみてもらってるヘアメイクさんに会わせたところ、

「すっごい美人ですね。こんなキレイな人、本当にいいんですかねー」

と大興奮していた。二人で何度か会っていたらしいのだが、クールな彼女は、

「私、仕事が楽しくて仕方ないし、医者だからってとびつくタイプでもないし……」

ということで進展なし。三十一歳でこの態度は立派ではなかろうかと、私は感じ入

ったのである。

結局A氏はフラれてしまったのであるが、私とはしょっちゅう会う。会えば会うほど性格がよいのがわかる。私がもうちょっと若ければ、フリンしてあげてもよかったぐらいだ。このA氏は口もうまくて、

「ハヤシさんって、めちゃくちゃ若く見えるし、キレイですよ。本当ですよー」

などとしょっちゅう言ってくれるので、トシマとしては本当にかわゆい男友だちになっていった。このあいだなんかヨーロッパの学会に行った帰りだとか言って、ティファニーのペンダントをお土産にくれたのである。男からあまりモノを貰ったことのない女歴の長い私は、そりゃー嬉しかったワ……。

ところでうちにバイトに来ているA子ちゃんは、名門女子大の四年生である。私が「下流の宴」という小説を書いた頃ちょうどうちに来始めたのであるが、

「ハヤシさん、うちの学校にこういうコ、ゴロゴロいますよー。びっくり」

と言っていたものだ。小説の中に、いい男をつかまえようと、合コンに精を出す女子大生が出てくる。都立高から男ウケのするカトリックの女子大へ進む、いわば〝トッピング女〟。A子ちゃんはこういうの、

「いる、いるー、いっぱいいー」

というのである。

さてA子ちゃんは三年生の頃から、就職活動に精を出していた。ファッション誌の編集者になるのが夢で、大手の出版社を幾つも受けていた。

「私も昔だったら、どこか紹介してあげたんだけどねー。この出版不況でどこも大変なことになってるからねー」

と私。なにしろ、「アンアン」を出しているマガジンハウスが、採用ゼロなんですよ。かつて儲かり過ぎて、経費をばんばか使い、ボーナスを十ンヶ月出していた会社が……。

まぁ、そんな昔話をしても仕方ない。A子ちゃんは某大手の出版社、面接の三次で落ちてしまった。彼女はおしゃれで、とても可愛いのであるが、応募二千人、採用人数十人というのはやはり宝クジ並みだ。

今は中堅の出版社の二次面接までこぎつけ、その結果待ちだというが、

「多分ダメだと思います」

と、気弱になっている。

「でも落ちても、ふつうの企業に行く気はないんです。卒業したらパリに留学することにしました」

ご実家がお金持ちなのである。

これを聞いて、A氏が私に言うではないか。

「A子ちゃん、パリじゃなくて、ボクと一緒にアトランタに行ってくれませんかねぇ」

来年から研究のためにアメリカの病院に行くことにしたそうだ。

「一人で南部の田舎に行くの、淋しいんですよね。三十六のおじさんでもいいでしょうかね」

彼は私のうちで一度だけA子ちゃんに会っているのである。さっそく話したところ、

「いいですね。私、就活を婚活に変えようかなー」

と意外なほどノリ気である。何でも彼女が通うお嬢さま学校は、卒業時にご婚約しているのが一種のステータスだそうだ。

今は二人で会ったりしているらしい。ひょっとするとうまくいくかも。この話を男友だちにしたら、

「たいして恋愛経験もないままに、一人の男のもんになって、アメリカの田舎に行くのが幸せかどうかなー」

だと。

しかし私はヘアメイクの彼女に比べ、A子ちゃんの若さを思った。若いうちは、自分を変えてくれそうな道に、どんどん向かっていくのもいいかも。海外に行くつもりなら、パリもアメリカも同じではなかろうか。

おとといテレビを見ていたら、京都の舞妓ちゃんが芸妓ちゃんになるまでが、ドキュメントになっていた。全国から舞妓ちゃんに憧れてやってくるコは多い。が、中には、

「あなた、だいそれたこと考えない方が……」

というコがいた。が、四年間、着物を着て、舞いや三味線の厳しいお稽古をし、お座敷に出ているうちに、アカぬけた美人になっていくではないか。ミラクル！　と言いたいほどのキョートマジック。ふつうのOLしてたらブスの類のコが、ここでは色っぽく洗練された美女に。

「あー、若さが欲しい。私も中学校出たら、京都に行けばよかった」

と私は身もだえしたのである。

お買物のチカラ

暑くなったり、急に冷え込んだりする今日この頃。

風邪をこじらせ気管支炎になってしまった。

「これは長引きますよ」

と医師に言われたとおり、なんと二ヶ月近く咳が止まらない。

編集者から原稿の催促があると、ゴホンゴホンと咳をしながら、

「あたし、病弱な売文業者だから……」

と電話で窮状を訴える。

そして一方で、風邪を治すという名目で、ガンガン食べ始めるという、いつもの悪

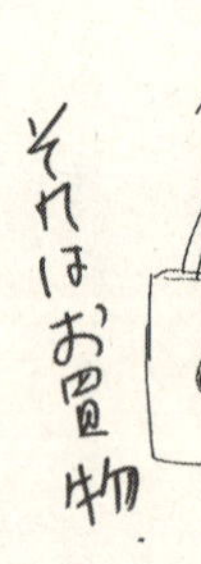

い癖が出てきた。すぐに理由をつける、この根性なしの自分が本当にイヤ。このあいだまで順調に体重が落ちていたのに本当に情けない。

おかげで昨年（二〇一〇年）の夏物がピチピチになってしまったではないか。写真もひどくって、みんなデブのおばさんに写っている。私は愕然とした。

こういう時、私はいつも二つの方法をとる。ひとつはダイエットに成功した人の本、もしくは記事を読むこと。

送られてきた女性誌をめくっていたら、フランス文学者の鹿島茂さんが、十キロ痩せたと出ていた。どうやってダイエットに成功したかというと、炭水化物を極力摂らないようにするという基本的なもの。これなら私は昔からやっていて、いつも挫折してるわ。

しかし名エッセイストだけあり、さすがにいいことをおっしゃっている。ダイエットというのは、空腹を感じるかどうかが大切。お腹が空いている時に、体はぶどう糖を取り入れようと必死になる。そして足りないぶどう糖を得ようと、脂肪をとり崩すのだそうだ。だからうんとひもじい時は、

「あ、体がやってる、やってる。痩せようと頑張っている」

と喜ぶのだという。なんかすごく励みになる。私は今まで空腹でつらい時は、よく

自分の体質を呪った。

「デブの家系が口惜しい。人よりずっと新陳代謝が悪い体が悲しい。世の中には、何を食べても太らない人がいっぱいいるのに……」

が、今度からは笑顔でお腹に手をあてよう。

「いま、体の内側から脂肪をガリガリ削ってくれているんだわ。ありがとう……」

すると、お腹がキューッと鳴って、これに応えてくれるんだわ。

そして、デブの体にカツを入れるもうひとつの方法。それはやはりお買物であろう。震災から初めて、青山のプラダを訪れた。なんと三ヶ月近く、このお店に近づかなかったわけだ。

久しぶりに見る店内は、美しいもので溢れている。特に今年（二〇一一年）はワンピースの可愛さといったらない。店員さんが山のように試着室に持ってきてくれる。が、どれも小さすぎる。私が目算で、

「こんなもの入るわけないじゃん」

と思うサイズのものばかりだ。そのうち一枚を試着したところ、背中のファスナーが上がらないどころじゃなかった。子どものをふざけてひっかけた、という感じの小ささである。

あれはどういうことなのだろうか。最初からあまりにも特大サイズのものを持っていくと、こちらが気を悪くすると配慮してくれているに違いない。そんなに気を遣ってくれなくてもいいのに。

しかし試着室ぐらい、自分のデブさ加減を思い知るところはないであろう。が、鏡に映る自分を私は直視する。

「もう、一生、このワンピースなんか着られないかもしれないよ。どうするのよ！」

しかし一枚だけあったんですね。ジャージー素材のものすごく伸びるやつ。黒のフレアで可愛い。これに黒いアクセを合わせたら、パーティにもいいのではなかろうか。

それから靴を買った。靴も可愛いのがいっぱいで、流行のウェッジソールは、色違いで二足。他にもインドでつくっている編んだフォークロア調のやつに、透けるフラットシューズ。四足も買っちゃった。

お買物は、一回ごとに女を甦らせてくれる。反省をし、そして再生に向けて歩き出すパワーもたっぷりもらうことが出来る。

家に帰ってから、買ってきた黒いワンピにラメのストールを合わせてみた。実は明日、メトロポリタンオペラを見に行くことになっているのである。いつもは仕事帰りに行くことが多いので、ジャケットかスーツになる。

しかし一緒に行く相手は、ジュネーブで知り合った若いドクターである。このエッセイでもたびたび登場する、最近の私のお気に入り。

彼は言ったものだ。

「こっちの女の人って切り替えがうまいですよね。昼間はバリバリスーツのキャリアウーマンでも、夜はセクシーなドレスに着替えるの、カッコいいですよね」

わかりました。うんとおしゃれしていきますともさ。どうせ私なんかデブになっても……という負のスパイラルから抜け出すには、やはり男の人の力を借りなくては。

今もお腹がくーくー鳴っている。頑張れと鳴っている。そう、空腹はダイエットがうまくいっているサイン。間食をしたらまた地獄に戻るというお知らせだ。

怪しいものでは…

この頃、顔の〝お直し〟をする人がめっきり増えた。
若い人の整形というのは、目を大きくしたり、鼻を高くするのであるが、トシマというのは、シワやタルミを直すために、リフティングだの、脂肪取りだのいろんなことをするようだ。
「ハヤシさんも一緒にやろうよ。そうすれば決心がつくから」
とお誘いはあるが、私はやりません。だって今まで顔のことでいろいろ苦労して、やっとつかんだこの境地。そう、頑張るけど無理なことはしない、というポリシーに反するのである。それに顔をあれこれいじったら、こんな〝美女入門〟なんていうエッセイは書けません。整形をしたら、ずうーっと嘘を書かなくてはならない。とはいうものの、キレイになるためには果敢にチャレンジを繰り返している私。このあいだはエステで、レーザーによるものすごく痛い治療を受けた。これは本当に痛い。麻酔のクリームを塗ってもらっていても涙が出るぐらいだ。

ところでここのエステは、美容整形病院が経営している。こういうところは何かとビミョーだ。以前、美容整形クリニックでやっているエステを受けていたところ、エレベーターの中である女性と一緒になった。

すると彼女は、じーっと私のことを見て、

「ハヤシさん、この頃キレイになったわね……」

と意味シンなことを言うではないか。

「違うわよ、今、二時間のお肌リフレッシュコースを受けてきて……」

と言いわけしようとしたが、何も見ず知らずの人にそんなことを言うのもナンだと思ってやめた。

今、通っているエステも、美容整形病院の経営であるが、前のところと違って「スキンクリニック」と「美容整形」と、階を分けてくれているのが嬉しい。

しかしエレベーターを待っていると、上の階から人が降りてくることが時々ある。

そういう時女の人はサングラスをして、顔を伏せている。何も悪いことをしているわけではないが、お直し直後に人と顔を合わせたくない気持ちはよくわかる。

そしてこちらの方は、一緒に降りて一階に着く時、セコいことを思っているのだ。

「私、整形じゃないもんね。この人とは目的が違うもんね」

ところでおとといの治療は、四回コースの最後だったのであるが、私が、

「そんなに変わらなかったような気がする」

と言うのでドクターが張り切った。ナースに言って、いつもよりずっと上のパワーでやったらしい。

おかげで顔がまっかっか。顔にはレーザーによる無数の小さな穴がいっぱい空いているという、もー、何といおうか悲惨な状況である。大きなマスクをもらったが、電車で帰るわけにもいかない。よろよろと道路に出てタクシーを止めようとしたら、なんと乗車拒否されてしまったではないか。

「ひっどいわ。乗車拒否だなんて、バブルの時以来だわ」

と後で夫に言ったところ、

「男であぶない人っていうのは、見かけですぐにわかるけど、女であぶない人って見かけはふつうでもいっぱいいるからね。タクシーもよけたんじゃない」

だと。

ところで当日は、何人かの人とミーティングをする予定があった。ずっとマスクをしたままでいたら、男友だちが最後にやってきてこう尋ねてくる。

「ハヤシさん、どうしたの。風邪ひいたの」

「あのね、エステでレーザー治療したの。ほら」

口裂け女のようにマスクをはずして顔を見せたところ、プーッとペットボトルの水を噴き出した。よほどショックだったらしい。

女友だちはもっと意地が悪い。

「ねえ、ねえ、それって風邪なの。それともピーリングなの？　どっちだろうって私たち話してたんだけど」

さすがに視点が鋭い。こっちにも、

「風邪じゃないよー」

とマスクをはずして見せてやった。

そして今、三日めになっているが、相変わらず顔は腫れてむくんでいる。それどころか足もむくんで靴がきつい。が、あと三日もしたら腫れもひいて、きっと綺麗な肌になっていることだろうと、相変わらず前向きの私である。

　さて全く話は変わるようであるが、私の住んでいる町の私鉄の駅が、今度全面リニューアルすることになった。スタバも入れて、二十八ショップがオープンすることになったので嬉しくてたまらない。二階にはスポーツジムが出来るのでさっそく入会しよう。

　今まで何回も何回も、入会金をドブに捨てるようなことをしていた。このあいだまで熱心だった加圧トレーニングも、予約を入れるのと電車に乗るのとがめんどうなので行ってない。

　が、歩いて七分のジムなら、このぐーたらな私だって通える。きっと痩せてみせる。そお、いつだって決して希望は捨てない、ネバーギブアップ！　この前向きさをほめてほしい。

上から、下からか

梅雨がなかなか終わらず、パーッとした気分になれない。

こういう時は、おいしいものを食べるに限る。それも気取ったもんじゃダメ。ちまちま懐石を食べるのは、デイトの時で、女が集まって食べるとなったら、やっぱりお肉でしょ。

このあいだ瀬戸内寂聴先生と、ステーキをご一緒したが、瀬戸内先生といえば〝元祖肉食女子〟。あの人並はずれたパワーとオーラは、肉によってつくられたものに違いない。

ご本人も、

「私はお肉が大好き」

と常々おっしゃっている。私もおよばずながら〝肉食女子〟を名乗る一人だ。とにかくお肉が大好き。焼き肉もいいけれど、途中で味が飽きてくることがある。それに大好きなユッケも食べられなくなった昨今、やっぱりしゃぶしゃぶがいいかも。しかし高級店で食べると、薄いのが三枚ずつしかついてこないこともある。あんなんじゃなくてもっとたっぷり食べたい。しかも出来たらすき焼きも食べたい……。なんて思っていたら、ある人に面白い店に連れていってもらった。そこでは最高の肉で、まずしゃぶしゃぶをしてくれた後、すき焼き、牛丼を出してくれるのだ。食べているうちに、肉を飽食した時にのみ出てくるアドレナリンが噴出し、異様にハイテンションになってくる店である。

私よりももっとすごい肉食女子、中井美穂ちゃんを誘ったら、

「行きたい、行きたい。絶対行きたーい」

ということで、他にも肉を食べることが大好きな女友だちを誘い、総勢五人でテーブルを囲んだ。ワイン持ち込みＯＫの店なので、カリフォルニアとフレンチの、しっかりした赤を持っていった。

最初に出てくるのはタンのしゃぶしゃぶ。これがあっさりしていて、いくらでも入

る。十二種類のいろいろな味の塩を選んで食べる。ニンニク、カレー、トマト、オリーブ……etc.、混ぜてもおいしい。

そして、その後はロースのしゃぶしゃぶだ。

「ハヤシさんが来るのわかってたんで、最高の神戸牛にしたよ」

一人三枚だけど、頼めば何枚でもスライスしてくれる。野菜もバツグンにおいしい。

そしてすき焼きなのであるが、これは昔風の甘辛い味で、ご飯にものすごく合う。このご飯が選び抜かれたお米で、炊きたてだからおいしいの何のって……卵にからめて、オーパス・ワンとぐいぐい。

最後は余ったお肉を卵でとじて、牛丼にしてくれるのであるが、さすがの中井美穂ちゃんも、

「私、もう入らないわ」

とお土産にしてもらった。しかし私は完食する。かなり食べ過ぎ、飲み過ぎだ。しかしふだんこのくらいどうということはない量である。

が、翌朝、夜明け前に目がさめた。ものすごく気分が悪い、吐きそう。トイレに行った。寝室横のトイレだと、ゲーゲーやると、夫に
「だらしない生活してるからだ」

と後で怒られる。よってわざわざ階下のトイレまで降りていった。そして便器の前にしゃがむ。

が、誰でも経験あると思うが、ゲロをしつけてない人はうまくゲロが出来ない。びくついて、つい引いてしまうのだ。汚ない話で申しわけないが、ゲロをやりなれている人は、食べ過ぎたと思うと、トイレでバッと出してくるみたい。これは拒食症か過食症のどっちかの始まりで、ものすごく体に悪いようだが、とにかく早く出す。

だけど私なんかは、ゲロすることにおびえてしまうわけ。

指を喉の奥につっ込んでやってみたけどうまくいかない。水をいっぱい飲み、もう一度トライしたらうまくいった。それで気分もすっきり。

ところで私のうちの玄関の踊り場に、そりゃあ大きな箱が置いてある。捨てるに捨てられない箱。それは今年（二〇一一年）の冬に、試してみようとした腸洗浄の器具である。タンクに管がついてる。

食べることが大好きで、ワインも毎日一本空け、それなのにスリムな友だちがこっそり教えてくれた。

「私はね、食べ過ぎたと思ったらうちに帰って、すぐに腸を洗うのよ」

よく聞いてみると、肛門の中に管を入れ、コーヒーを注入する。そして人為的に下痢を起こして、ざーっと流してしまうんですね。考えるだけで、かなりハードである。なんか滅入った気分で、病院の帰りにその器具を入れた紙袋を持って食事会に行き、やりたいという人にその場であげてしまった……というようなことを、このエッセイで書いたところ、

「そんなこと言わないで、もう一回チャレンジしてください」

と見知らぬ美容家の方からいただいたのがこの器具である。捨てるに捨てられない大きな箱。

考えると、口から出すか、下から出すか。食べたものをすぐ体から排出するという変則的ダイエットがこの世にはある。どっちを選ぶか？　下からの方が健康的かも。そんなことより、食べるもんをもっと考えた方がいいですよね。

写真事件簿

なんと二十三年ぶりに「笑っていいとも！」に出演することになり、本当に久しぶりに「アルタ」に行った。

すると実物の佐々木希ちゃんに会った。信じられないぐらい顔が小さく可愛い。まるで生きているフランス人形みたいだ。あまりの愛らしさに、一瞬声を失う私である。

知り合いの美容整形の先生に聞いたところ、女の子が、

「こういう顔にして」

と切り抜きを持ってくるのは、ダントツ佐々木希ちゃんだそうだ。やはりあの顔が、いちばん男の子にモテるのがわかっているに違いない。

モテるといえば、私のまわりでいちばん華やかな美人なのは、やはり元タカラジェンヌの麻生あくらちゃんであろう。顔がやたら小さく、目がものすごく大きいという、佐々木希ちゃん系美女。

福島県にボランティアで読み聞かせに行くことになった。私が絵本を読むつもりだったが、待ったをかけたのがわが夫。

「キミは声と顔がおっかないから、子どもはひくよー。やめた方がいいよ」

ひどいこと言う。

というわけで、ヒマそうにしてるあくらちゃんに頼むことにした。

東京駅で久しぶりに会ったあくらちゃんは、モスグリーンのワンピースを着て本当に綺麗。

「すっごい美人ですね」

と、同行する出版社の編集者も興奮していた。

そして会場に行ったところ、司会の女性が子どもたちに向かって、

「皆さーん、今日は東京から、キレイなお姉さんが二人来てくれましたよ」

だって。私がまずマイクを握り、

「はい、キレイなお姉さん、その一よ」

と言ったところ、前に座っていた男の子がケタケタ笑う。

「ちょっと、キミ、笑い過ぎだよ」

つい野太い声で注意する私である。

が、あくらちゃんの声と姿は甘くやさしく、会場にいた子どもと大人を魅了した。

同行の若い編集者もそう。

「ハヤシさん、あくらさんと二人の写真撮りたいんでよろしく」

とカメラを持たされた。イヤな感じである。

が、このあいだのあの女性に比べればずっとマシだけど！　カラッとした性格と言われている私だけど、この頃いじいじと根に持つことが多い。そう、カメラを持たされたことで思い出したんだわ。

あれは四月の震災支援のチャリティコンサートの時。私はコンサート会場前でバザーの責任者として働いていた。お客の呼び込みをしようとしてサントリーホールの前に出たら、一人の女性が声をかけてきた。

「ハヤシマリコさんよね」

「はい、そうですけど」

「写真いいですか？」

どうぞ、構いませんよと、私は口角をきゅっと上げてポーズをつくった。すると彼女は
「ヤーダー、この人」

という感じのビミョウな笑い方をするではないか。

「写真撮って欲しいんですけど」

つまりカメラマンをやれってことね、はい、はい、わかりましたと、私はカメラを持って彼女を写してあげましたよ。なんか一緒に写ったピアニストの方が恐縮してたけど、このくらい心が広くなきゃ、物書きなんて仕事は出来ませんわ。

カメラといえば、最近驚くようなことがあった。

この頃私は、日曜ごとに渋谷に行くことが多い。ちょっとした買物をするためだ。この暑さである。

「どうせ私なんか、気づく人もいないし」

ということで、思い切り手抜きの格好をする。

Tシャツにロールアップデニム、というアイテムは若い人と同じだけど、おばさんはこれにもう一枚プラスしなくてはならない。そお、体の線がばっちり出るから、薄手のカーディガンかジャケットを着る。

その日も紺ジャケにデニムという格好で店に入りいろいろ選んでいた。その姿をどうも写メされていたらしい。

うちに遊びにくる若いドクターがいる。そお、この頃私のエッセイによく出てくる、若いイケメンのドクターですね。近いうちにアメリカのアトランタに行くことになっているので、その前にお嫁さんが欲しい、というのが悲願のようだ。

彼は週に一度、ある大学病院の研究所に行っているのだが、帰りにうちに寄って言った。

「そこの事務の人が、ボクとハヤシさんが知り合いだなんて全く知らないまま、このあいだハヤシマリコを渋谷で見かけたから、思わず写メしちゃったワ、と自慢してました」

ひえーっとのけぞる私。

汚ない格好のところをこっそり撮られるのもイヤだし、カメラマンにされるのも不愉快。「一緒に撮って」と声をかけてね。口角上げて、立ち方も考えるからさ。

魔性は、余裕

本当に暑い、暑い。

今日は日比谷にお芝居を見に行った。年輩の大女優の方々が競演しているのであるが、その美しさにびっくりである。

お芝居の後、浅丘ルリ子さんの楽屋にうかがった。ルリ子さんをモデルにした小説「RURIKO」を書いている私。この方はとてつもない美女にもかかわらず、実にざっくばらんな気取らない方だ。

帰りしな、

「ハヤシさん、もっとここいら引き締めなさい」

とお腹をぐっと押してくださった。

体重三十八キロ（！）のルリ子さんから見たら、私など異星人であろう。あぁ、出来ることならば、私のお肉を二十キロお中元に差し上げたいものだ……。

ところで世間を騒がせたエビちゃんこと市川海老蔵さんが、このたび舞台に復帰することになった。「鏡獅子」をさっそく新橋演舞場に見に行った。獅子の精になってからの毛振りが本当に素晴らしく、一緒に行った友人も、

「本当によかったわー」

と感動していた。

さてお芝居が終わった後、軽くビールでも飲もうと二人で近くのバーへ行った。そうしたらそこのカウンターに、某大企業の会長が一人でいらっしゃるではないか。私も過去、二、三回おめにかかったことがある、大金持ちのしゃれたおじさまだ。

その方は気前よく、

「ハヤシさんに、シャンパンを出してあげて」

とバーテンダーに言う。私はたぶん誰かと待ち合わせだと思ったので、スツール四個離した席に座り、私の友人を紹介した。

「ほおー、美人ですなァ」

と会長。そしてバーテンダーに、

「今日はみんな僕のおごりにしてね」

だって。持つべきものは美人の友だちである。新しくワインが抜かれ、チーズやサラダが並ぶ。そこへ会長と待ち合わせをしていた芸者さんが二人やってきた。新橋の花柳界という土地柄、芸者さんはふつうに歩いているのだ。

しかし会長の興味をひいたのは、あきらかに私の友人。二人は煙草を吸うというので個室に入り、私もついていった。

友人は〝魔性の女〟とも、〝オヤジころがし〟とも言われている。私も今夜はお手並みをじっくり見ることになったが、やっぱりすごい……。なんていおうか、すごい……。自然にふるまっていても、声や視線がねっとり艶をおびてくるのである。

会長は最後には、

「あんたたち二人、今度料亭に招待したい」

と約束してくださったぐらいだ。

しかし彼女の成果を見て、私はちょっぴり意地悪な気分になってきた。帰りのタクシーの中で、いま彼女と噂のあるA氏の話を持ち出した。A氏を紹介したのはもちろん私である。しかし今や二人は、「絶対にデキてる」と人に言われる仲なのである。

ちなみにA氏は妻子がいて、友人はシングルマザーである。

こういうテを使うのは古くさいうえに卑怯なんですが、この際仕方ない。だってなんかむしゃくしゃするんだもん。

「あのさー、そういえばAさんって、女性関係あれこれあってすごいのよね……」

さりげなく切り出す。コレで彼女の反応を見ようっていうことですね。私も作家のわりにはつまんないことしますね。

「B子ちゃんと一緒に、このあいだ旅行に行ったらしいよ。すごいよねー」

「やだー、B子ちゃんばっかりじゃないわよー」

彼女はカラカラ笑う。

「C子ちゃん、D子ちゃんともそれぞれどこかへ行っていたわよ」

まるっきり気にしていないのだ。強がりで言っていると思ったが、そうではないらしい。そして私はわかった。

ふつうの女は、モテる男の最後の女になりたいと願う。そう海老蔵さんちの麻央ちゃんになるのが理想なのだ。

しかし彼女のような魔性系は違う。モテる男はモテていてそれで構わない。我関せず。彼女には長年つき合っている、レギュラーの恋人がいる。しかしそれはそれとしておいといて、次々と現れる男性と恋をする。相手の男性にも自分ひとりを愛してほしいなんて考えない。

自分も大きなラブのだ円形を持っていて、相手もだ円形を持っている人が好ましいのだ。そしてだ円形の重なる部分でつき合っていく。余裕ある大人の恋。いいですねー。

彼女の〝魔性の女〟ぶりを話したら、とてもこのエッセイ十回書いても足りないぐらい。昔のことであるが、

「私、ハヤシさんの旦那、すっごく好みだけど友情の方をとるね」

と言われたことがある。百発百中を自負している人でなくては言えない言葉です。すごい。しかし不思議なことにこういう人は一般人なのだ。女優さんにはいない。たいていの女優さんは、カラッとして男性的だ。そしてふつうに嫉妬深く、私の友人のような強者（つわもの）は見たことがない。

私のグンちゃん

グンちゃんを見つけたのは早かった。

そう、お酒のCMで、真白いカウンターに立ち微笑む男の子。

「な、なに、このコ。メチャかわいいじゃん」

私はすごく早い時期に目をつけたと思っていたのであるが、ファンはもうドラマが始まった時から騒いでたのね。

私は韓流にそれほど興味を持ったことがなかったが、グンちゃんだけは別。あの意地悪な言動もステキと思ってしまう。

今まで韓流スターというと、品よく感じよく清潔で、というのが通り相場であった

が、ついに進化してグンちゃんみたいなワルっぽいのが出てきたのですね。女の子にしたいような、可愛らしい顔、すべすべの肌。昔のお宝映像を見ると、ちょっと顔が違ってるけど、そんなのも気にならない。

「みんな嫌い。ウソ、大好きー」

なんていう言動も、女の心をキューンとさせる。どうでもいいことであるが、グンちゃんもいずれ兵役につくだろうが、やっぱりバリカンで丸坊主になるんだろうか。訓練で泥の行進させられるのだろうかと心配になる私である。

ところでこのあいだ、夜の部に続いて昼の部の歌舞伎を見に行った。おめあては勧進帳に出てくる海老ちゃんである。グンちゃんもいいが、我らの海老ちゃんもいい。富樫という大役を見事に演じ、スケール感と品がある人物をつくり出しているのだ。

次の幕「楊貴妃」に出てくる高力士も素晴らしい。青白いメイクで、いびつな男の美しさ、残酷さを表現しているのである。

「海老ちゃん、大きくなって戻ってきたよね」

「ちょっと苦労したのがよかったんだよねー」

と、友人と興奮しながら帰ってきた。

ところでグンちゃんも、海老ちゃんも、めちゃくちゃカッコいいが、女はめちゃくちゃ泣かされそうである。私は昔、こういうのとつき合って、さんざん苦労したと言いたいところであるが、そんなのもちろん嘘。相手にしてくれるわけもないので、最初から近づいたこともない。ただ遠まきにして見ていただけである。

しかし私の友人で、そういう男に果敢に挑戦し続けたのがいる。うんとエバられたうえに、かなりお金を貢がされたのではなかろうか。今も彼女は独身であるが、あくまでも、

「愛し愛されて別れた」

というストーリーは崩れていないようである。それはそれで立派ではないかとこの頃思う私である。

が、私には私のモットーがある。私は男に気を遣うが、お金はいっさい遣いません（キッパリ）。よってホストクラブにも行ったことがない。

などとエバってふと気づいた。私は若い男の子に、ものを買ってあげたり、現金を渡したことはないが、日頃はかなりおごってあげているのではないだろうか。

よく食べて、ビンボーな、しかもミバエのいい男の子に、お肉とかお鮨をいっぱいおごってあげるのは大好き。

「もっと食べなさいよ。そーよ、もっとじゃんじゃん飲んで」

とかよくやってる。これっておばさん濃度というよりも、おじさん濃度が高まっているのかもしれない。

ところで私が今、いれ込んでいる若い男性といったら、ボランティア・チームのリーダーA君であろう。このエッセイにもたびたび登場するあの男性だ。

初めて会う時、紹介してくれた人が、

「あんまりハンサムだからびっくりしないでね。嵐の櫻井翔クンにそっくりだよ」

と言っていたが、話半分に聞いていた。

ところが会って驚いた。櫻井クンのお兄さんかと思うぐらいそっくりなのである。

おまけに知性に溢れ、品よく礼儀正しくて、もちろんのこと志が高い。この人のためなら、何でもやってあげようと、会った女性がみんな思うようだ。

さて、話は突然変わるようであるが、久しぶりにテツオと会った。駅前のスタバで待ち合わせ、近くのイタリアンでランチを食べた後、一緒にうちに帰ったのであるが、猛暑の中、長い坂を上がるのを本気で怒っていた。

「なんだよー、この坂。日本でいちばんきつい長い坂じゃねぇーの」

若い時から、ハンサム、ハンサムと言われた男独特の傲慢な口調である。それが中年になった今も通用すると思っているのは困ったことである。

うちにやってくるなり、冷たいもんを出せとかやたらいばる。どうして今日ここにやってきたかというと、単行本のイラストを私に描かせるためだ。

「もっと売れるようにテレビに出ろよ、もっとうまくイラスト描けよ」

などと言いたい放題言って帰っていった。

うちのソファに座るテツオを、ブログに載せたところ大反響。書き込みがいっぱい来た。

「テツオさん、年をとってもやっぱりステキですね。マリコさんとお似合いだったのに……」

という昔のファンからのお声も。そーか、テツオが私のグンちゃんだったのかもしれない。やっぱり私は近寄らず、向こうも近寄らず、はや二十五年の仲です。

夏ニモ負ケズ

なでしこジャパンの優勝、すごかったですね。最近これほど感動したことはない。それにつけても「スポーツ女子」のカッコいいこと！　私は運動神経やスポーツ系根性がほぼゼロなので本当に羨ましい。

優勝が決まった瞬間というのは、おそらくアドレナリンが脳の中に満杯になっているのであろう。ふつうの女子の千倍ぐらいの快感を味わっているんだろうな。ああ、羨ましい。

優勝が決まった瞬間、澤さんが佐々木監督に抱きついて、彼女をイイコ、イイコしている光景に、ぐっときた人も多かったに違いない。同志という感じで本当によかっ

た。スポーツ女子だからこそ、男と女としてではなく、男の人とあんな風に深くつき合えるのであろう。

一度対談でおめにかかったことがあるが、澤さんってめちゃくちゃカッコいいと思いません？　彼女を見てから、ひと重の顔ってキレイだなあと思うようになった。あの目だからこそ、深い魂が宿っているような気がするし、だいいち色っぽい。彼女の目を見てると、二重ぱっちりの女優さんとかタレントさんがみんな同じ顔に見えてきたぐらいだ。

ああしたひと重の目にこそ、アジア人女性の美があるような気がする。それに澤さん、インタビューの際に髪をおろすとものすごく女っぽくなる人である。このギャップも〝スポーツ女子〟っぽくていい。

ところで怖ろしいほど夏太りしている私である。何が原因かわかっている。暑さのあまり冷えたビールや白ワインをがんがん飲み、体力をつける、という名目でかなり食べる日々。今まではランチは家でゆで玉子と野菜少々、夜は会食でも炭水化物抜き、という生活をずっとしていた。それでも〝現状維持〟がやっとだったのである。それなのに今夏はあきらかにカロリーが多くなっているのだ。

おまけにこの暑さで、私より先に犬がバテてしまった。ゲロゲロ吐いたので、病院に連れていくとなんと熱中症だという。というわけで、朝晩の散歩もとりやめた。私は朝の七時に、いつも外に連れていった。アスファルトが熱いとかわいそうなので、家を出る前、靴を脱いで裸足になって道路の温度を確かめてきた。こんなに気をつかってやったのに、なんと熱中症というから驚くではないか。

ま、それをいいことに、朝はついワイドショーをゆっくり見てしまう私。見ながらおせんべいや水ようかんに手を出す。肥満は起こるべくして起こったのである。

昨年（二〇一〇年）の真夏に着ていたものを取り出して愕然とした。ほとんどが入らないのである。

そう、あれはもうおととしのことになるのね。肥満専門のクリニックに通い、十四キロ痩せた。自分でも怖くなるくらい急激に痩せていった。目に入った洋服は、なんでもガンガン入る喜びにひたり、セリーヌやロエベといった憧れのブランドにも挑戦。そう、セリーヌのショップに行った時、カーキの厚手のライダースジャケットを発見したのもこの頃だ。ものすごくステキなデザイン。試着したら、あまりにも似合うではないか！　一緒に行った人も、

「わー、まるでモデルみたい。林さんだから着こなせるわ」

とお世辞を言ってくれたぐらいだ。そのジャケットは、なんと三十数万円した。し

かし私は思った。口にも出して言った。

「このジャケット、私のためにあるみたいだわ。しかもこの値段。私が買わなきゃ誰が買うのよッ」

と異様にハイになっていた私は、お買い上げしたのである。

そのジャケットは、今、私のクローゼットの床にころがっている。羽織ることは出来る、が、まるで似合わない。デブのおばさんの、勘違いした昔のサファリルックという感じである。

たった十四キロ（やっぱりすごいか？）増えただけで、一枚の服がここまで似合わなくなっている。モデルが着てるみたいと言われ、正直私も鏡の中の自分に酔った、ステキなステキなお洋服。それがタダの布のカタマリになってしまったのである。

こうなったら、やはりダイエットを死ぬ気で頑張るしかない。

私の住む町の駅ビルに、スポーツジムがオープンしたことは既にお話ししたと思う。隣りの駅の加圧トレーニングのジムは、高いお金を出したのにいつのまにか行かなくなってしまった。が、それはたとえひと駅でも電車に乗らなくてはならないせいだ。

その点、自分の住んでいるところの駅ナカなら、スッピンでもＯＫ。トレーニングウェアのまま帰ってこれる。

こうしてモチベーションを上げるために、新しいことをするのに、どのくらいお金と時間をかけたことか。何度途中でやめたことか。

とにかく入会申し込みをして、ジムに行ったところ、オープン直後ということもあり、すっごい人出である。こんな小さな町で、どうしてこんなに人がいるのだろうかと不思議なぐらい。

ヨガの教室なんか、いっぱいで中に入れなかった。だから適当にちょびっとマシーンを使って帰ってきた。私は〝スポーツ女子〟からいちばん縁遠い女。体を動かさない理由をつくるのが、本当にうまいんだな。

オンナの分岐点

テレビを見ていたら、

「モテモテのあひる口のつくり方」

というのをやっていた。さっそく鏡を見て、練習する私。

まず唇をウーッとすぼめ、それから半分ぐらい微笑むんだって。が、皺が寄るばっかで、ちっともうまく出来ないではないか。唇の構造が最近の若いヒトと違うのかしらん。

このあいだ雑誌には、

「モテモテのプリクラ顔」

というのがのっていて、ちょっとだけ試してみた。アイラインで垂れ目にして、唇にはグロスをたっぷり！

そして私はつくづく思う。私って生まれた時が本当に早すぎたんだ。私がデビューして、テレビに出まくっていた頃、「タラコ唇」とよく悪口を言われたワ。「垂れ目」とも言われた。昔はマイナス材料だったものなのに、今では少しでもそれに近づこうとみんなメイクに凝ってる。

そう、胸の大きいのも、美人の条件ではなかったんだっけ。何だかんだ言われた。あー、口惜しい。失った青春を返してほしい。本当はモテモテの人生だったかもしれないのに……。

「だけどハヤシさんは、結婚出来たんだからいいじゃないですか」

と言ったのは、最近仲よくなったA子ちゃん。彼女はアイドル顔負けの可愛い顔をしているが三十三歳。結婚したくて最近本当に焦ってきたという。

「でも私、彼イナイ歴がもう四年なんですよ」

「えー、そんなに長く？」

この私でさえ、結婚するまで男の人を切らしたことはなかった。一応いないと困るので、ずるずるだらだら長くつき合うレギュラーが一人。あまりにもだらしなくつき合い、お互いに別の人が現れた時は中断して、どっちかが別れたらさらにずるずる、という関係なので、きちんと別れ話も出たこともないまま十年!

「そういう男がいないと困るよ。三十過ぎの働く女には必要よ」

とかなり上から目線でものを言う私。ま、昔のことは何とでも言えますからね。

「でも私、男の人と出会うチャンスが本当にないんです」

出た、この言葉。結婚してなくてプライドの高い女の人は必ずこう言う。本当に結婚したかったら、出会いの場所なんかいくらでもある。しかし積極的に出るのはイヤなんだ。

「だって私、男の人からガツガツ来てくれなきゃイヤなんです。私の方からガツガツなんて、とっても出来ないワ」

すると一緒にお酒を飲んでいた、ちょっと見はかなりよくて、モテると自他共に認めてる四十男がこう口をはさんできた。

「君みたいな人は、男にとって高嶺の花なんだよ。だからガツガツ出来ないに決まってるじゃないか」

これって中年男の常套(じょうとう)手段ですね。こうやって女の自尊心をじわりと充たしてやって、そして近づくのである。

その後、

「ボクだって、結婚してなかったら、きっとA子ちゃんにガツガツしてたと思うよ」

と本音を見せる。A子ちゃんは素直なコなので、

「ヤダー、本当？」

と甘えた声になった。そこで私はすかさず、

「不倫はダメよ、不倫は」

と叫んだ。

「不倫は二十代の時にする寄り道。本気で結婚したい三十代が不倫なんかしちゃダメよ」

そして私はこんな話をした。

私が若くて、コピーライターをしていた頃の話よ。名前は言えないけど、今も結構活躍しているアーティストがいたの。はっきり言って当時も汚ないおじさんにしか見えなかった。だけど、同じ業界内に若い愛人を持っていた。私よりちょっと年上で、それは綺麗な人だったわ。二人の仲は公認で、みんなとの旅行の時も堂々としていた。二人で同じ部屋に泊まってたのを憶えてるわ。もちろんアーティストには、奥さんも子どももいるわよ。私、あんな美人がどうしてあんな中年のオヤジに魅かれてるのか

まるっきりわからなかった。

それから年月は流れ、私は町中で仲よく一緒に歩いている二人を見たの。つい最近のことよ。すっかりおじいさんになったアーティストの横に、白髪になったあの美人がいるじゃないの。結局結婚もしないで、このジイさんにつき合っていたわけよ。感動したというか、呆れたというか……。

「身につまされる、こわーい話ですね」

と A子ちゃん。

「そうよ。結婚相手なんか、本気で探せばいくらでもいるわよ。うちの夫みたいに、理系の技術職なんか、独身がゴロゴロいるわよ。あっち方面に目を配ることをおすすめするわ。それから知り合いのおじさんたちに、とにかく『結婚したい』って言いふらすことね」

と言いたいことだけ言って、私は早めに帰った。

A子ちゃんは飲み足りないようで、中年の遊び人とどこかへ行ってしまった。私のアドバイスをちゃんと聞いてくれたのかしらと、とても心配である。

恋のキセツなの〜

長岡まで花火大会を見に行ってきた私。

東京でも花火大会はいくつか行われている。隅田川花火は遠いところなのでちと行かれないが、神宮外苑花火大会はうちの近く。思い出もいっぱいある。

原宿のマンションに住んでいた時は、屋上が特等席であった。上にあがって缶ビールを飲んでいると、ふだんは顔を合わせない他の住人たちもやってくる。みんなで眺めるのは楽しかった。

バブルの頃は、ｕｒａｋｕ青山の会員だったので、会員制ホテルの窓から見た。お金持ちの友人がスイートルームを借り切ってパーティをしたこともあった。シャンパ

ンなんかじゃんじゃん抜いたあの頃も楽しかったワ。

　そして最近では、やはり友だちのマンションに招待してもらって、屋上でビヤパーティ。出来たばっかりの原宿のマンションなので、花火が本当に近くで見られ羨ましかった。

　ところで花火といったら浴衣ですね。この頃の浴衣は、色や柄がちょっと暑苦しい。しかも、髪をふくらませたり垂らしたりして、飾りをいっぱいつける。大きなお花やリボンだ。言っちゃナンだけど、キャバクラの夏まつりみたい。

　あまりうるさいことを言うつもりはないけれど、浴衣はきちんと着たいですね。紐を三本くらいと伊達巻きをちゃんとつける。しっかりと下準備をしないで着るから、すぐに帯がぐずぐずになったり、前がはだけてしまうのではないだろうか……。

　などということを話していたら、

「何言ってんのハヤシさん、今の浴衣の着方は、前をはだけるのが流行っているんだよ」

　とヘアサロンの担当者が教えてくれた。

「今さ、ＳＨＩＢＵＹＡ１０９とかに行ってみー。マネキンが浴衣の胸はだけさせて、ブラを見せてるよ。若いコは浴衣をああいう風に着るワケ」

まぁ、そういうことだったのね。だけどますますキャバクラ嬢に見えるではないか、まあ、それもいいかもしれない。昔から花火の夜、夏祭りの時というのは、人間の「大発情期」である。男の子も女の子もムラムラしてあたり前なのだ。

この頃カップルがよく目につくが、若い男の子の浴衣姿というのはとてもかわいいものだ。もちろん女の子の方もかわいい。このシーズンになると、朝の電車の中で浴衣姿の子が恥ずかしそうにしているのを時々見ることがある。それも花火大会の次の日だ。きっと彼のところへ、そのままお泊まりしたんだろうと思うと微笑ましい。

しかし朝の電車の中での浴衣姿というのは目立つ。着替えは持って歩けないとしても、花火大会が終わった時間もユニクロは開店している。あそこでひととおりのものを買った方がいいかもしれない。

話はどんどんあっち方面にいくが、男の人のむらむら服というのは、浴衣姿以外にもいろいろある。お正月の晴着という人は多いが、あれはちょっと尻込みするみたい。浴衣なら、脱がせるのも着るのもカンタンであるが、振袖となるとそうはいかないだろう。

大昔はお正月や成人式に、ラブホテルでは出張の着付け師さんが活躍していたようであるが、最近ではあまり話を聞かない。あまりの難易度の高さに、この頃の男の子はなから諦めるのではないだろうか。

それよりも私のまわりの男の人たちに人気が高いのは、意外にもリクルート姿である。

「いつもは遊んでそうな女の子が、髪をちゃんと黒くひっつめにして、黒いスーツ着て思いつめたような顔で歩いているのを見ると、かなりそそられる」

んだそうである。

私のところにバイトに来てくれているA子ちゃんは聖心女子大の四年生。いわずとしれたお嬢様学校だ。ここの制服は黒のスーツで、これがリクルートスーツになるのであるが、男の人にものすごく人気が高いそうである。

このA子ちゃんが就活に疲れきっているので、私が婚活をすすめたのは以前お話ししたと思う。独身のドクターを紹介したのである。しかしA子ちゃんは、

「三十六歳だと、やっぱり話がまるっきり合わなーい」

ということで断ってきた。これだけ一生懸命やったのに就職出来ないので、しばらくパリに留学するという。しかし最近になって、ものすごくモテ出したそうである。もともと可愛くてモテキャラのA子ちゃんであるが、さらにすごいことになっているらしい。その原因はどうも黒い制服ではないかと分析する。

「合コンの時間に間に合わないで、リクルート帰りに集合場所に行ったことが何度かある」

それがよかったようである。確かに髪をきりっとたばねた彼女は、いつもとは違う魅力があるかも。

ま、いずれにしても夏は恋のシーズン。この時恋をしなきゃ、いったいいつするんだ。そう、人間も猫と同じで、ちゃんとシーズン決まってるんだ。

美人やらせていただきます

私の友人は、娘にゴルフをさせることを決めたという。
「ものすごくうまくなって、学生チャンピオンか何かになれば、石川遼クンともお近づきになれると思うの。そうしたら遼クンと結婚するのも夢じゃないわよね」
友人の娘は、まだ中学生である。
「だけどウィリアム王子と結婚したキャサリンさんって、少女の頃から彼の写真を部屋に飾っておいたっていうわよ。お母さんが、将来あなたはこの人と結婚するのよって、ずっと洗脳してあそこまで行ったの。どんな夢だってまず一歩を踏み出さなきゃダメでしょう」

「だけどさ、遼クンとちょっと年が違いすぎるんじゃないの」

「何言ってんの、遼クンはまだ十九歳よ。娘は十四歳なんだから、たった五歳の違い。大人になればどうっていうことないじゃないのよ」

かなり本気で言っていたのでびっくりした。

しかし考えてみると、芸能人や有名人だっていずれは誰かと結婚する。同じように芸能界にいる人と結婚する例がほとんどであるが、たまには「一般人」とも結婚する。昔はこういう「一般人」も世間に顔と名前が知られ、取材が殺到した。しかしいつからの風潮か忘れたが、今では「一般人」というとアンタッチャブル。マスコミに出ないことになっている。しかしこのあいだスターと結婚した「一般人」の写真は、すぐさまメールで送られてきた。「一般人」ではあるがすごく美人なので読者モデルをしていて、その時の写真である。

「読モ」……。なんと素敵な言葉の響きであろうか。ちゃんとした芸能人になるには覚悟が足りない。「ちょっとコワいかもしれないし……」という女の子は、グレイゾーンに入ることになっている。

芸能人でもなく、れっきとした「一般人」でもないこのグレイゾーンの中で、いちばんピカピカと光っている場所は、なんといっても女子アナであろう。

この頃の女子アナというのは本当にキレイ！　特にフジテレビの女子アナというのは、このままタレントとして通用しそうな可愛らしさである。アヒルロしておすまししてる顔は、どんなことしたって「一般人」には見えない。本当の芸能人以上の人気を誇る女子アナの皆さんもいっぱいだ。

しかしこの仲間に入るのはとてもむずかしいだろう。何千人という倍率をかいくぐらなくてはならない。

そしてこの次ぐらいに位置するのが「読モ」だ。私服や私物を見せびらかして、みんなに羨ましがられる楽しい立場である。当然芸能界からもスカウトされるが、それをきっぱり断り、大学生活を全うする。そして電通とか商社に入り、

「あのヒト、大学の時に読モしてたんだって」

「やっぱりキレイねぇー」

と騒がれ、チヤホヤされるのが正しいグレイゾーンのあり方に違いない。

さて私のまわりにも、濃いグレイゾーン出身の女性がいる。学生時代ミス日本になり、読モもしていて、今はさる出版社の編集者をしているA子さんである。

これと似たような経歴が、今、大人気の知花くららさんであろう。ある出版社の内定が決まっていたのだが、卒業するまでの思い出づくりとしてミス・ユニバースに応

募した。それが世界第二位になったわけだ。私も一度対談でおめにかかったことがあるが、キラキラするような知性と美貌の持ち主であった。あんな美人が編集者になったら、それこそ大評判だったことであろう。

さて、私の知っているA子さんも、ものすごい美人である。背がすらりと高くて目を見張るようなプロポーションだ。一流出版社に受かるぐらいだから、偏差値の高い大学を出て、しかも、

「ミス日本っていっても、二十人いますから、グランプリじゃなかったら価値ありません」

とケンソンも忘れない。

このA子さんは、頭がものすごくいいため、自分の立ち位置をちゃんと考えていた。おじさん作家の魔の手を逃れるためもあったろうが、いつも髪をひっつめ、黒いパンツスーツに身を包んでいた。出来る限り地味な格好をしているのであるが、そうすると百七十六センチの身長や、ふつうじゃない目鼻立ちがますます目立ち、文壇のパーティでも、

「あの人は誰？」

と評判であった。

ところがつい先日会ったところびっくりしてしまった。ひっつめ髪は、栗色に染めてボブにしている。流行のメイクもばっちり。そして白いパンツに透けるブラウスもきまってる。どう見てもモデルさんで、グレイゾーンから「抜けた感」がある。

「A子さん、ひと皮むけた、といおうか、居直ってきたたね」

と私はもう一人の男性編集者にささやいた。

「ふつうのふりをすることないわ。もうふつうの女のふりするのも疲れちゃった、美人に生まれたものは仕方ないし、きっちり美人やらせていただきますって感じ、いいよねぇ！」

もしかすると、有名人と一般人（編集者）のカップルも出現するかと、私は楽しみにしている。

妊婦じゃないのよ

夏の間、旅行先でビールや地酒をがんがん飲みまくっていたら、太ったな、とじんときた。スカートがきつくなり、ジャケットがきまらなくなる。それよりもお腹のお肉が、ずっしりと量を増しているのがわかる。

「どのくらい太ったんだろう……」

それならさっさとヘルスメーターにのればいいじゃん、とヒトは言うかもしれない。が、そういうことを言うヒトは、標準体重のヒトだ。デブの本当の気持ちなんかわかるはずはない。

　明日こそ体重計にのろう、と私は心に決める。いきなりのるとショックが大きいので、二、三日はうんと節食してからのるつもり。しかしその節食がなかなか出来ない。

「いっそのこと、そのまま体重計にのろう。おのれの体重を知れば、いくら何でも心を入れ替えるだろう」

　しかしいったん体重計にのると、あまりのすごさに、二、三日は落ち込んでしまうんですね。

「もうこんなデブの私は、雑誌に出たりしちゃいけないんだヮ。男の人と会ったりするのもとんでもない」

　と本気で悩む。

「だけどあんたなんか、いつも太った、痩せた、って書いてるんだから、デブも慣れてるでしょ」

　と言う人がいたら、それは私のナイーブさを知らないんだわ。

　私の高揚感といおうか、幸せ気分というのは、体重と全く反比例しているんだから。

　うちのヘルスメーターは、洗面台の下に置いてある。歯を磨いている時は、ほとんど足に触れている。が、この二ヶ月はのっていない。のるのが怖い、本当に怖い。

「明日こそはのろう、のってこそすべてが始まるんだ」

テレビでは、香取慎吾クンが「三百六十五歩のマーチ」を歌っている。

「千里の道も一歩からはじまることを信じよう〜〜」

そお、十キロ減量も百グラムから始めなくては。明日こそ、どんなことがあってものるのだ。

次の日、緊張のあまり、私は朝の五時に目を覚ましたのである。そして「エイッ」とかけ声を出してヘルスメーターにのった。ギャーッ、記録的な数字である。私は泣いた。涙こそ流さなかったものの、心の中でポロポロ泣いた。

そして努力の日々が始まったのであるが、ちょっと、聞いてください。ダイエットをしたとたん、いっきょに一キロ太ったのである。これはどういうことかというと、ジムに行き、夕食を二日抜いたが、次の日おいしい食事に日本酒たんまり、デザートにチョコレートケーキを口にしたところ、敏感になっていた体がいっきに反応したのである。

体重、記録を更新！　横から見るとお腹がぽこっと出て、妊娠六ヶ月ぐらいに見える。

そういえば、と、話は突然といおうか強引に変わるのであるが、私のまわりはこの頃出産ブームである。ある女性誌の編集部は、いっきに三人の女性がおめでたになり、

「同時多発出産」

と編集長が困っていた。

キャリアウーマンの代名詞のような編集者は、今まで結婚しても子どもをつくらない人が多かった。キャリアと両立させるのがむずかしかったからだ。しかし最近は育児休暇もたっぷり取れるようになり、出産する人は増えている。

実はアンアンのエッセイ担当者も、今回の入稿をもって出産休暇に入る。お腹の赤ちゃんは双子ちゃんだそうだ。カワイー。あの双子ちゃん用のベビーカーって、本当に可愛いですよね。才色兼備の女性編集者の人たちが、三十代後半でお母さんになってくれるのが、私は嬉しくてたまらない。

これは別の出版社であるが、私の担当編集者に、先月無事に男の赤ちゃんが生まれた。彼女はキュートで性格もよいコであったが、東大を出ているというのでたいていの男性が引いてしまった。私も心配して官僚とか若い学者を紹介したことがあったが、うまくいかなかった。

しかし三十八歳の時、ふつうの理系君と知り合って結婚。彼は学歴も年収も平均値の男性であったが、ずんずんと彼女の心をかっさらっていったようだ。そして三十九歳で妊娠、四十歳で出産という運びになったのである。本当によかった、よかった。

そういえば芸能界も出産ブームで、神田うのちゃん、会ったことはないけど梨花ちゃんというファッションリーダーたちが、揃って今年（二〇一一年）お母さんになる。本当におめでとう。

女の子だったら、そりゃ楽しいよ、と私はアドバイスしたい。もお、十歳ぐらいまでの子ども服の可愛さといったらない。自分だけの、生きてる着せ替え人形を手に入れたようなもんだから、それまで自分が培ったおしゃれのセンスや知識をありったけ注ぎ込んで楽しむ。ヤンキーの方は、最初からスカルのTシャツを着せたりするが、ギンガムチェックで胸にたっぷりシャーリングしたワンピースや、ヨーロッパ製の花柄のドレスを着せるのは、女の子を持つ幸せ。あの少女漫画の世界にどっぷりひたる時がきっとくる。どうか皆さん、女の子産んでね、と私はエールをおくっているの。

贅肉がニクい

仲よしの中井美穂ちゃんが司会をしていることもあり、毎晩「世界陸上」を楽しみに見ていた。

そしてしみじみ思ったのは、この頃の若いアスリートは、なんて美形ばっかりなんだろうということだ。そのまま女優になれそうな人がいっぱいいる。おしゃれ度も高く、ピアスやチェーン、ネイルはあたり前、中にはタトゥーを入れている（もしかするとシールかも）選手もいっぱい。昔は「セックスチェック」が確かに必要だなあ、と思わせる人もいたというのに、まあ今はみんな本当に綺麗で驚くばかりだ。

金髪のショートを揺らしながら走っていく、棒高跳びの選手なんか、うっとりと眺めてしまう。そういえば、モナコの大公と結婚した元五輪の有名水泳選手の女性なんか、文句なしの美女であった。

「どうしてこんなにみんな綺麗なんだろう」

つぶさに観察した結果、あることに気づいた。顔が整っていることもあるのであるが、アスリートの女性の筋肉のつき方が、以前ほどごつごつしていない。男性っぽい筋ばった体ではなく、自然な、

「あ、これだったらついててもいいかも」

と思わせる綺麗な筋肉のつき方なのだ。

これは私たちの視線が変わったこともあろう。最近ふつう以上の自覚がある人は、みんな自分のボディを鍛えている。ジムに通うのはもちろん、マラソンをしている人は実に多い。私の友人たちなどグループでトライアスロンをしていて、すごいトレーニングを積んでいるのだ。忙しく働いている人たちなのに、ちゃんと競技大会に出るレベルになっているからすごい。

「ハヤシさんもやりましょうよ」

としきりに勧めてくれるのであるが、まあ、私の運動神経の悪さ、根性のなさ、というのは自分でよくわかっているもの。

さて今までもデブだったが、この夏ぐんとお腹に肉をつけた私。久しぶりに会った母でさえ、

「そんなに急激に太ってどうしたの」

と聞いたぐらいだ。

私が太ろうと痩せようと、全く関心がないように思える夫も、

「ちょっとひどいんじゃないか」

だと。

「今、仕事が忙しいのはわかってる。あと三ヶ月の猶予をやるから何とかしなさい」

とえらく上から目線で言われてしまった。

私は自分でももて余すお腹の肉をつかみながら郷ひろみさんの言葉を思い出した。

郷さんの日頃の厳しいトレーニングに対し、私ともう一人のデブの友人は、

「痩せたって、私たち、別に誰に見せるわけじゃなし！」

と自虐的なことを言ったところ、郷さんは静かに、

「だけど体がぶよぶよして、いちばんつらい思いをするのは自分でしょう」

そう、あの言葉が本当に身にしみる。私は今、本当につらい。こんな自分でもコントロール出来ないくらい、かがむと苦しいお腹の肉。

私は頑張っている。駅前のジムにも行ってるし（一回だけ）、夜はヨガマットを敷き、テレビを見ながら自己流トレーニング。スクワットを五十回して、腹筋だってすてる。お腹がつっかえるから上にちゃんと上がらないけど二十回してる。毎晩してる。本当。

そして外食がない日は、牛乳に混ぜてシェイクするまずいダイエットドリンクを飲んでいるのだ。

が、体重は動かない。お腹の肉は一ミリも減らない！　どうしてこんなに変化がないのか。私は「世界陸上」の美しいアスリートを見ながら、それでも必死にバッタンバッタンしている。

ああ、神さま、一生に一度でいいから、こういう美しいボディを私に与えてくださ い。ユニフォームから見える、女子選手のお腹のまっすぐで凛(りん)としていること。このレベルになりたい、なんてことは言いませんから、せめてパンツにのっからないお腹がほしいの……。

私は考える、このトシになっても考える。もし私がスリムな体を持って生まれ、それを維持していたら、どんな人生だったかしら。男の人にももっと積極的になり、恋だって十倍ぐらいしていた。そしてもっとずっといい男と結婚出来ていたに違いないワ……。

ああ、つまんない私の人生。

そして昨日のことであるが、ちょっと個人的なことで知り合いのお嬢さんとランチをした。外資の企業に勤める彼女は、帰国子女で英語のバイリンガル。そのうえ留学していたのでフランス語もペラペラなようだ。といってもよくいる「ネイティブ・バリバリキャリア」ではなく、育ちのよいおっとりとしたお嬢さんだ。ちょっと見は、ふつうのＯＬさんと言えないこともない。しかし彼女は言った。

「明日から休暇をとってニューヨーク行って友だちに会ってこようと思ってます。それからパリに飛ぶのもいいかなって……」

英語とフランス語のトライリンガル。私はまた夢想する。私にこういう能力があったらどんなに楽しい人生だったかしら。世界中好きなところへ行って、外国の男性と恋をする。あー、そんなのに無縁のつまんない人生、とつい悲観するのはやはりデブになったからでしょうか。

クラブマリコ、開店

限界点まで太った私は、一年ぶりに加圧トレーニングの門を叩いた。

そして仲のいいトレーナーの人の手を握って、こう訴えたのである。

「ねぇ、お願いだから、私をなんとか痩せさせて……。このままじゃ、秋ものが何にも着られないの」

彼女も私の手を握り返してくれた。

「ハヤシさん、頑張りましょう。私はもう、ハヤシさんのためなら何でもしてあげる」

ということで、忙しい私のために特別に早朝トレーニングをしてくれることになったのだ。

彼女は言う。

「ハヤシさん、何か目標をつくらなきゃダメ。例えば男の人とデイトするとか」

実はこの私、元カレから何年かぶりにメールがあり、今度ごはんを食べようということになったのであるが、デブになった自分を見せたくなくて、ずるずると日にちを延ばしていたのである。

「じゃ、クリスマス頃デイト出来るように頑張ろうかな。ノースリーブのワンピが着られるようにさ」

「そう、頑張りましょう」

めざせ、ヴァレンティノの黒ドレス！

それからもうひとつ、私には重要なミッションがあるのだ。

このエッセイの読者は、私がものすごい変身願望を持っていることに既にお気づきであろう。前回では美しい筋肉を持ったアスリートになりたい、バイリンガルになりたいと見果てぬ夢を言っていたっけ。

私には他にもいろんななりたいものがあった。舞台女優、オペラ歌手、芸者さん……。が、ありがたいことに仕事柄、こういった変身はかなえてもらっていた。そう、雑誌の「私のなりたかった職業」とかいうグラビア企画で衣裳を着せてもらい、それらしく見せてもらったのだ。

が、私にはもうひとつ密かな夢があったのだ。それは銀座の女性になることであった。新宿とか六本木じゃイヤッ。そお、選ばれた女性、銀座のクラブホステスになることだ。

私の友人でも美人は、銀座を歩いているとよくスカウトされるらしい。特に和光のあたりは、うろうろしていると、スカウトマンからの名刺をいっぱいもらうようだ。

以前その話をしたら、

「私は和光の前を二十年間歩いているけど、そんなもんをもらったことは一度もない！」

と、マガジンハウスの編集者が怒っていたっけ。

まあ、そんなことはいいとして、私も時々銀座の高級クラブに連れていってもらうが、そこの女性たちの美しいこと、品のいいことといったらない。特に銀座で一、二を争う高級クラブGは、すぐに芸能界にデビュー出来そうなレベルの女性ばかり。

ここの若きママ、さゆりちゃんとは大の仲よし。お店にはめったに行ったことがない私であるが、外で遊ぶことが多い。三年前には一緒にナパバレーへワインツアーに行ったこともある。彼女は色が抜けるように白く、大きな瞳のすんごい美女だ。ちなみにさゆりちゃんは、まだ三十二歳の若きオーナーママ。短大生の時に、銀座を歩いていてスカウトされたそうだ。やっぱりあるんですね。が、高ビーになることもなく、気配りがすごいのはさすがに銀座の女性。

このさゆりちゃんが、ある日しみじみと言った。

「被災地のために何かをしたいの。義援金は出しているけど、何かものたりないわ」

「そうだよね……。この頃はお金や支援物資も前ほど来なくなったっていうし、ああいうものは長くやらなきゃダメだよね」

などという話から、なぜか私が一日ママをやることになった。六時から八時までは、お店はまだお客さんが少ない。その時間を利用して、私が友だちを呼んでバーを開く。八時になったら本当のお金持ちのお客さんが来るが、その前までだったら破格の値段で、私の友人たちは銀座の高級クラブを楽しめるのである。そしてその売り上げは全額被災地に送る。

どうせなら十日間はしようということになり、私の友人、知り合いにも「ママになって」と声をかけた。意外なことにみんな大乗り気。

「この私が銀座のクラブママになれるなんて……」

どうやらみんな私と同じように憧れていたらしい。名前はまだ言えないが、有名人の方々も賛同してやってくれることになった。

「だけどママは着物かドレスにしてね。髪型もちゃんと〝銀座風〟というのがあるんだから」

私はエラソーに注意した。私は着物で、さゆりちゃんご用達の美容院で着つけとブロウをしてもらうことになっている。

私は今からドキドキしている。男友だちにお誘いのメールをする。今のうちからちゃんとお客を確保しなきゃ。

「同伴も可ですので、よろしくね」

「出来たらシャンパン抜いて、売り上げに協力してね」

デブのママだと営業に響くので、ダイエット頑張りますとも。

ああ、Wの悲劇

今回のダイエットは本気だ。

なぜなら秋を迎え、私のクローゼットはほぼ壊滅状態となったからである。

そう、着られるものがほとんどないのだ。無理やりボタンをかける、ファスナーをきちきちに上げる、ということをすると、ラインが全く変わってしまう、というのは皆さまご承知のとおり。

そのうえ、私に心境の変化があった。ジャケットやスーツが、あまり好きじゃなくなったのだ。

私は仕事柄、きちんとした服が多かった。しかも仕立てのいいジャケットというの

は、体型隠しにはいちばんだ。でも、何だか、それがオバさんっぽいといおうか、飽きたといおうか。今季は、ワンピとかニットを着たくなったのである。

実は私、ワンピが大好き。何枚か持っている。が、ここに大問題が。そお、ワンピの場合、今の季節ノースリーブが多い。しかし私の二の腕は、とてもヒトさまにお見せ出来ません。

おとといは黒のジャージのワンピースを出してみた。ウエストをしぼると、とても可愛いし痩せて見える。しかし問題が！　そお、肩までえぐったノースリーブで、太い二の腕はもちろんのこと、腋のあたりのたぷたぷお肉もすべてさらけ出すことになる。

よって私はカーディガンを羽織った。しゃれたシルク混の白であるが、たちまち野暮ったくなったうえにおばさん体型に……。

なぜならば、カーディガンによって、しぼったウエストラインが隠れてしまうからである。このワンピースのいいところは、このウエストからフレアスカートにかけての線なのにまるで生かされない。

「ねえ、どうしたらいいと思う？」

いつも髪をブロウしてくれる、ひとりでやっている近所の美容室のおニイさんに相

談したら、

「こうしたらいいよ」

と、カーディガンの裾を後ろにまわし、ボタンをひとつ留めてくれた。確かに腕は隠れ、ウエストは出た。しかし、これって意図がミエミエ。

ついこのあいだのこと、男の人と二人、麻布のイタリアンレストランで食事をしていたと思っていただきたい。とてもおしゃれなお店なので綺麗な人がいっぱい。モデルさんらしき人もいた。こういう女性たちは、誰もジャケットなんか着ていない。ワンピースかブラウスで、もちろんノースリーブ。

ノースリーブだと、ワイン飲んでも、肘ついてもサマになる。いいなあ……と、まあ、ここまでは遠い人々の風景と思って見ていたのであるが、やがて私の友人が四人のグループでやってきた。彼女は私とそんなに違わない年齢だと思うのであるが、やっぱり黒いワンピースでノースリーブ。

私はずうっと彼女の、何のぜい肉もついていない綺麗な腕を見つめていた。確かジムに通っているって言ってたわ。そうよ、本当に今度こそちゃんとやらなくては、と決意をあらたにしたのである。

ところで決意をさらに強めるのに、非常に有効なやり方は、私が以前から言っているとおり、お洋服を買いに行くことである。

そういえばこのあいだ、税理士さんからほめられた。

「ハヤシさん、昨年に比べて被服費がぐっと少なくなっていますよ。この調子で節約してください」

別に節約しているわけではない。デブになって買物をしたくなくなっただけだ。しかしそれではいけない。試着をして、つらい思いをして、おのれを知ることが大切なのである。

そんなわけで私はプラダの本店に出かけた。今年（二〇一一年）のプラダは、私の大好きな可愛いワンピースやニットがいっぱい。

うーんと素敵な黒いシルクのワンピは、私にとてもよく似合ったのであるが、ファスナーが上までいかなかった。そしてベージュのロング丈のスカートは、お腹がぽこっと出たうえに、ウエストのファスナーが上までいかない。

店員さんが次々と持ってきてくれる洋服がすべて入らない。この屈辱と悲しみは、味わった人でなければわかるまい。ニットはそりゃ、入るには入るが、肉がぽこぽこ表に出る。

が、私は美しいトルコブルーのシルクのブラウスを見つけた。着てみた。ボタンもはじけそうじゃないし、すっごくいい感じ。黒いスカートもフリル付きのを合わせていい感じ。

「これ、いただくワ」

と私。

「この組み合わせで、これからパーティに行くから、タグはずしといてね」

皆さん、こういうことをしては絶対にいけません。買ってきたものは必ず家に持って帰り、落ち着いてコーディネイトしましょう。かのカリスマスタイリスト原由美子さんは、新品の光沢がお嫌いなので、しばらく家で着てから、初めて外に出るそうだ。パーティ会場のトイレで手を洗った後、私は後ろを振り向き、キャッと叫んだ。さっき見た時はこれほどまでと思わなかったが、座ったのがまずかった。シフォンのブラウスの背中は、四つの段々が発生していたのだ。

が、この悲劇をのり越え、現在二キロ減量中！

本書は、２０１３年５月に小社より刊行された単行本を文庫化したものです。

ＪＡＳＲＡＣ出　１６００６００－６０１

マガジンハウス文庫

美女と呼ばないで

2016年2月25日　第1刷発行

著者　林　真理子

発行者　石﨑　孟

発行所　株式会社マガジンハウス
〒104-8003　東京都中央区銀座3-13-10
書籍編集部　☎03-3545-7030
受注センター　☎049-275-1811

印刷・製本所　中央精版印刷株式会社

本文デザイン　鈴木成一デザイン室

文庫フォーマット　細山田デザイン事務所

マガジンハウスのホームページ http://magazineworld.jp/

ISBN978-4-8387-7097-7 C0195